HOPE YOU'RE HAPPY, LEMON!
Mizuki Kishikawa
1

Hope You're Happy, Lemon

Sommaire

Chapitre 1 5

Chapitre 2 65

Chapitre 3 111

Chapitre 4 143

Bonus 176

HEIN ? TU VEUX ME LARGUER ?!
JE NE COMPRENDS PAS !
LEMON !
EN FAIT...
Chapitre 1
JE TE TROMPE AVEC TROIS AUTRES GARÇONS.
DÉSOLÉE. ♡

TING
ちっ
ぱっ
AH !
FRSH
ムク…
…
C'ÉTAIT UN CAUCHEMAR...
07:18
MAI
JE M'APPELLE SUNAO AKIYOSHI...
ET JE VIENS DE FAIRE UN CAUCHEMAR.

J'AI RÊVÉ DU JOUR OÙ MON EX-PETITE AMIE...
LEMON NISHIKAWA...
M'A LARGUÉ SANS AUCUNE PITIÉ.
GEL
VSSH
ジャー
キュッ
CLAC
AAH...
APRÈS TOUT CE TEMPS...
ELLE REVIENT ENCORE ME HANTER...
C'ÉTAIT MON AMIE D'ENFANCE ...

ET AUSSI MA PREMIÈRE COPINE.
PAIN AU LAIT
YAMAFUJI
À L'ÉPOQUE, TOUT SEMBLAIT BIEN SE PASSER ENTRE NOUS...
08:02
Une pluie d'étoiles filantes
Ce soir Les Léonides
JE NE L'AVAIS PAS DU TOUT VU VENIR, ET LE CHOC DE LA RUPTURE A ÉTÉ D'AUTANT PLUS BRUTAL.
IGARETTES
MOWSON
Cuisine du monde
HONNÊTEMENT...
TAP
JE PENSAIS NE JAMAIS...
POUVOIR RETOMBER AMOUREUX.
Appli coupon
SUNAO !
?

BONJOUR !
OH !
!
MAIS...
BON...
BON-JOUR...
NATSUMI !
DÉJÀ LÀ ? TU AS COURS, CE MATIN ?
OUI !
TU AS ACHETÉ QUOI À LA SUPÉRETTE ?
NATSUMI KOGAHARA. ELLE A UN AN DE PLUS QUE MOI...

IL PARAÎT QU'ON REGARDE "EDWARD AUX MAINS D'ARGENT", DEMAIN.
OH, VRAIMENT ?
ON FAIT TOUS LES DEUX PARTIE DU CLUB DE CINÉMA...
Chouette ! ♪
J'ADORE CE FILM !
ET SON SOURIRE ME FAIT CRAQUER.
IL EST FATAL...
BOBOM
AH !
J'Y PENSE !
ON SORT BOIRE UN VERRE AVEC LE CLUB, CE SOIR. TU VIENS AVEC NOUS ?
LE CHEF DU CLUB A ROMPU AVEC SA PETITE AMIE HIER, ALORS ON VEUT LUI REMONTER LE MORAL.
QUOI ?!
SÉRIEUX ?! ILS ÉTAIENT INSÉPARABLES !
Le chef
JE SAIS...

IL A DÉCOUVERT QU'ELLE ÉTAIT INFIDÈLE...
GH...
oh...
JE N'AI RIEN DE PRÉVU, DONC JE VIENDRAI.
SUPER ! JE PRÉVIENS LES AUTRES.
PAUVRE CHEF...
L'INFIDÉLITÉ...
NATSUMI... TU PENSES QUOI DE L'IN-FIDÉLITÉ ?
HEIN ?!
IL Y A UNE AUTRE RÉPONSE POSSIBLE ?
B...
EUH... JE DÉTESTE ÇA, COMME TOUT LE MONDE...
BIEN SÛR ! DÉSOLÉ, MA QUESTION ÉTAIT BÊTE !
BEN OUI... TU M'AS FAIT PEUR, LÀ !
J'AI CRU PENDANT UN INSTANT QUE C'ÉTAIT TON TRUC...
NON, NON ! PAS DU TOUT !
MINCE, ELLE VA SE FAIRE DES IDÉES SUR MOI !
TROMPER, C'EST MAL !
MAIS...
FINALEMENT, ÇA NE NOUS REGARDE PAS...
HMM...

DONC, NOTRE MISSION, CE SOIR...
C'EST D'AIDER LE CHEF À ALLER DE L'AVANT POUR QUE LA PROCHAINE FOIS, IL VIVE UNE BELLE HISTOIRE D'AMOUR.
ÇA MARCHE ?
...
ALORS CE SOIR, ON VA...
AH !
HMM ?
MINCE ! J'AVAIS PAS FAIT GAFFE À L'HEURE !

MON PREMIER COURS EST DANS LE BÂTIMENT HUIT !
DÉSOLÉE, JE FILE !
AH ! D'ACCORD !
À CE SOIR !
C'EST À L'AUTRE BOUT DU CAMPUS !
AH !
AU FAIT !
FUIT
?
J'AI HÂTE !
VIVEMENT LE WEEK-END PROCHAIN !
!
MOI...
AUSSI !
À PLUS !

TAP
TAP
TAP
J'VAIS ÊTRE EN RETARD !
WAOUH, ELLE TRACE...
"POUR QU'IL VIVE UNE BELLE HISTOIRE D'AMOUR."
C'EST TOUT ELLE, ÇA...
MAIS ELLE A RAISON.
MOI AUSSI, JE VEUX VIVRE UNE BELLE HISTOIRE D'AMOUR AVEC NATSUMI...
POUR ÇA, JE DOIS TOURNER LA PAGE ET OUBLIER...
LEMON.
NON...
JE VEUX DIRE, LA VIPÈRE CROQUEUSE D'HOMMES !
Vipère croqueuse d'hommes
JE N'AI PLUS DE TEMPS À PERDRE AVEC ELLE !

FSH
スッ
EN PLUS...
LE WEEK-END PROCHAIN...
Juin
11
Cinéma avec Natsumi
J'AI UN RENCARD !
AVEC NATSUMI !
UN RENCARD AU CINÉMA AVEC NATSUMI !
JE VAIS TOUT FAIRE...
POUR QUE CE RENCARD...
MARQUE LE DÉBUT D'UNE BELLE HISTOIRE D'AMOUR !
HA HA HA !
HI HI HI !
TILT
OUPS ! LES COURS VONT COMMENCER.

ACHETEZ, VEND
Z ! ON S'OCC
DE TOUT !
BAR AYAKUJIRA 5F
CABINET D'AVOCAT SASAKI 4F
TOUT À 290 YENS
MON DERNIER COURS S'EST ÉTERNISÉ...
HAN...
AH, C'EST AU 6E ÉTAGE.
JE SUIS À LA BOURRE, C'EST VRAIMENT PAS LE JOUR POUR ÇA...
LE CHEF VA ENCORE RÂLER...
IL FAUT QUE JE ME DÉPÊCHE...
6
CLIC
VSH
AH, ATTENDEZ ! JE MONTE AUSSI !
HMM ?

AH, BIEN SÛR !
カチ
CLIC
ガ
VSH
カチ
CLIC
OUF ! C'ÉTAIT MOINS UNE !
MERCI BEAUCOUP DE M'AVOIR ATTENDUE !
AH, C'EST...
RIEN...

OH...
HEIN ?
C'est...

LA VIPÈRE CROQUEUSE D'HOMMES ?!
OH !
NE ME DIS PAS QUE...
SUNAO, C'EST TOI ?
QU'EST-CE QU'ELLE FAIT ICI ?!
PLIC
PLIC
PLIC
PLIC
AH !
?!
HUM...
EUH...
C'EST QUE...
...
ON N'A PAS ÉCHANGÉ UN SEUL MOT DEPUIS NOTRE RUPTURE.
LE MALAISE TOTAL.
HA HA...
ALLEZ, MAGNE-TOI, L'ASCENSEUR !
J'Y CROIS PAS...

C'EST DINGUE ! ÇA FAIT UN BAIL !
HEIN ?
ÇA DOIT BIEN FAIRE TROIS ANS...
ON NE S'EST PAS REVUS DEPUIS LE COLLÈGE, NON ?
OUAH ! LE TEMPS PASSE TROP VITE !
HMM ?!
ELLE EST HYPER EXTRAVERTIE !
MAIS QU'EST-CE QUE TU FAIS ICI ?
DIS DONC, T'AS VACHEMENT GRANDI !
AT-TENDS...
QUOI ?
C'EST NOUVEAU ?
JE SUIS LE SEUL À ÊTRE SUPER MAL À L'AISE ?!
MAIS NON...
SI J'AVAIS SU QUE JE TE CROISERAIS AUJOURD'HUI...

C'EST PAS VRAI...
J'AURAIS PRIS UN PEU PLUS DE TEMPS POUR ME FAIRE BELLE.
DOOM
ELLE A OUBLIÉ QU'ELLE M'A TROMPÉ AVEC TROIS GARS ?!
NON...
ELLE A PAS PU OUBLIER...
ET...
ET TOI ALORS, QU'EST-CE QUE TU FAIS ICI ?
DING
AH, ON EST DÉJÀ AU 5E ÉTAGE !
AH !

JE DESCENDS ICI !
JE SUIS PRESSÉE.
J'ESPÈRE QU'ON SE REVERRA BIENTÔT !
AH !
EUH...
À PLUS, SUNAO !
BIEN...
BIENTÔT ?
QUOI ?
TSS...
VSHH

JAMAIS DE LA VIE !
BLA
BLA
EH, TOI ! LE PREMIÈRE ANNÉE !
TU ARRIVES EN RETARD...
ET EN PLUS, TU TIRES LA TRONCHE ?!
AH !
DÉSOLÉ...
DOOM
T'ES LÀ POUR ME REMONTER LE MORAL, NON ?
OUI.
ALORS BOIS !
JE SUIS MINEUR.
ALORS, BOIS DU JUS, JE M'EN FICHE, MAIS BOIS !
WAAAAAH !
WAAAAH !
TOURNER LA PAGE ET OUBLIER, HEIN ?
LA REVOIR NE M'A LAISSÉ AUCUNE CHANCE, JE SUIS COMPLÈTEMENT DÉSTABILISÉ...
SLURP

WAAAAH...
JE SUIS PATHÉTIQUE...
J'ARRIVE PAS À CROIRE QU'ELLE ME TROMPAIT AVEC SON EX !
J'EN PEUX PLUS, BORDEL !
MOI AUSSI !
MON COPAIN ENVOYAIT DES MESSAGES À SON EX EN CACHETTE !
MAIS NON !
BLA BLA
LES EX...
NATSUMI !
NE TE LAISSE PAS AVOIR PAR CE GENRE DE MEC !
HEIN ?
MOI ?!
NATSUMI ?!
!
HMM... TU AS RAISON...
JE NE POURRAIS PAS ÊTRE AVEC QUELQU'UN QUI PENSE ENCORE À SON EX...

PAS VRAI ?!
LES MECS QUI N'ARRIVENT PAS À TOURNER LA PAGE, ÇA ME DÉGOÛTE !
UN MEC...
QUI PENSE ENCORE À SON EX...
NATSUMI, ÉVITE À TOUT PRIX CE GENRE DE MEC, COMPRIS ?!
MAIS C'EST MOI, ÇA ?!
QUI VIENT AU PROCHAIN BAR ?
Bonne soirée !
ALLEZ, COURAGE, CHEF !
HAAAN...

CETTE JOURNÉE M'A LESSIVÉ...
J'Y CROIS PAS...
POURQUOI A-T-IL FALLU QUE JE TOMBE SUR ELLE ?
ÇA FAIT UN BAIL !
ON AURAIT DIT UNE AUTRE PERSONNE... AVANT, ELLE ÉTAIT BIEN PLUS RÉSERVÉE...
TING
GLOUPS
RAAH ! JE SUIS ENCORE EN TRAIN DE PENSER À ELLE !
JE SUIS INCAPABLE DE TOURNER LA PAGE, OU QUOI ?!
ARGH...
SI JE NE ME RESSAISIS PAS...
TU PENSES ENCORE À TON EX, PAS VRAI ? POUR MOI, C'EST RÉDHIBITOIRE...
NON !
DÉSOLÉE...

C'EST DÉCIDÉ !
JE...
CRR
JE VAIS TOUT FAIRE...
POUR OUBLIER LEMON LE PLUS VITE POSSIBLE !
!
UNE ÉTOILE FILANTE...
PING
JE NE PENSAIS PAS QU'ON POUVAIT EN VOIR EN VILLE !

キラッ
PING
OH !
ENCORE UNE...
AH...
ON NE LA VOIT DÉJÀ PLUS...

J'AI OUBLIÉ DE FAIRE UN VŒU...
BRASSERIE KOTEI
MAIS...
JE CROIS QUE C'EST UN SIGNE, ON DIRAIT BIEN QUE LE CIEL EST DE MON CÔTÉ.
KOREAN DINING
항아리

JE N'AI PAS FAIT DE VŒU, MAIS...
CRR
PEU IMPORTE...
JE N'AI PAS BESOIN D'AIDE POUR L'OUBLIER !
UNE COÏNCIDENCE COMME CELLE D'AUJOURD'HUI N'EST PAS PRÈS DE SE REPRODUIRE.
BLA
BLA
MOUAH HA HA !
ADIEU, SALE VIPÈRE !
LE TYPE DERRIÈRE S'EST MIS À RIRE EN REGARDANT LE CIEL...
BLA
IL A CRIÉ "SALE VIPÈRE"...
PSST
PSST
PSST

JE N'AURAI PLUS JAMAIS À REVOIR SA TÊTE !
MOUAH HA HA !
ヒソ PSST
IL ME FILE LA CHAIR DE POULE.
ヒソ PSST
MOI AUSSI.
HA HA HA...
BIP
GH !
BIP BIP BIP BIP BIP BIP BIP BIP BIP BIP BIP BIP
ビクッ TING
7:00
mardi 30 mai
ALARME
Rappel d'alarme
Arrêter
たす TAP
ÇA ME CASSE LES OREILLES...
JE NE ME RAPPELLE PAS AVOIR RÉGLÉ LE VOLUME AUSSI FORT...

JE SUIS CREVÉ...
HIER, JE ME SUIS ENDORMI DIRECT APRÈS ÊTRE RENTRÉ, DU COUP...
FOUAAH...
JE N'AI PAS ENCORE PRÉPARÉ MES AFFAIRES POUR AUJOURD...
HMM ?

HEIN ?!
C'ÉTAIT QUOI, CETTE VOIX FÉMI-NINE ?! QUI EST LÀ ?!
?!
?!
ATTENDS, JE SUIS OÙ ?!
FUIT
AAAAAH !!

QU...
QUOI ?
POURQUOI...
JE ME SUIS TRANSFORMÉ EN LEMON ?!
ÇA...
ÇA VA ALLER.
CALME-TOI.
FSHH
C'EST UN RÊVE.
CE N'EST QU'UN RÊVE !
...
PAF
JE N'ARRIVE PAS À ME RÉVEILLER !
AÏE !
AAAAH !
QU'EST-CE QUI SE...
DRING

?!
DE SI BON MATIN...
ÇA SONNE !
C'EST QUI ?
FUIT
MINCE !
PEUT-ÊTRE QUE LES VOISINS SONT VENUS À CAUSE DU CRI QUE J'AI POUSSÉ TOUT À L'HEURE.
Oh non !
AH !
Nuisance de voisinage.
HUM...
FSH
TERMINER
PARLER
JE NE SUIS PAS SÛRE DE TOUT COMPRENDRE, MAIS...
C'EST MOI.
POUR L'INSTANT, TU VEUX BIEN M'OUVRIR ?

DONC, POUR RÉSUMER...
CE MATIN, JE ME SUIS RÉVEILLÉ DANS TON CORPS...
ET TOI, DANS LE MIEN.
HMM...
OUI.
ALORS ON A...
ÉCHANGÉ DE CORPS...
C'EST ÇA ?

HEIIIIN ?!
MAIS QU'EST-CE QUI SE PASSE, BORDEL ?!
C'EST DINGUE...
COMMENT ÇA MARCHE ?
MAIS SURTOUT...
GRR...
PARMI TOUTES LES PERSONNES SUR CETTE TERRE...
FUIT
POURQUOI A-T-IL FALLU QUE ÇA ARRIVE AVEC ELLE ?!
POUR L'INSTANT, ON IGNORE COMMENT C'EST ARRIVÉ ET COMMENT RETROUVER NOS CORPS...
JE NE SUPPORTE PAS DE ME VOIR PARLER DE FAÇON MANIÉRÉE...
URGH...
BON, ET SI...
ON ALLAIT À L'ÉCOLE EN SE FAISANT PASSER L'UN POUR L'AUTRE AUJOURD'HUI ?

JE DOIS RENDRE CE DEVOIR EN DEUXIÈME HEURE...
TU PEUX T'EN CHARGER ?
QUOI ?!
HORS DE QUESTION !
ズッ… FSH
ÇA NE MARCHERA JAMAIS !
JE NE PEUX PAS FAIRE SEMBLANT D'ÊTRE TOI !
OOH...
S'IL TE PLAIT...
ET TOI, ALORS ? ÇA NE TE DÉRANGE PAS DE MANQUER LES COURS AUJOURD'HUI ?
TSS...
SI !
INTRODUCTION AUX SCIENCES DE LA TERRE (COURS OBLIGATOIRE)
L'ASSIDUITÉ COMPTE POUR LES
2e COURS DU MARDI
PAS DE
PROFESSEUR STRICT.
PARFAIT ! ON FAIT COMME ÇA !
JE COMPTE SUR TOI ! ♡
FAIS-MOI CONFIANCE ! JE T'IMITERAI À LA PERFECTION !
C'EST PAS VRAI...

PFF...
TÂCHE DE NE PAS TE FAIRE DÉMASQUER...
AH !
SI NATSUMI LE DÉCOUVRE...
SUNAO !
QUOI ? TU N'ES PAS SUNAO ?
HMM ? TU ES SON EX-PETITE AMIE ?
HUM... JE NE SUIS PAS SÛRE DE TOUT SAISIR, MAIS...
ON DIRAIT QUE TU ES TRÈS PROCHE DE TON EX.
NE TE FAIS...
SUR-TOUT...
PAS GRILLER, OK ?!
?
T'IN-QUIÈTE !
JE T'EN SUPPLIE !
FUIT

APRÈS TOUT CE QU'ON A VÉCU EN-SEMBLE...
Sciences planétaires et terrestres AI
Devoir maison
SE FAIRE PASSER L'UN POUR L'AUTRE SERA UN JEU D'ENFANT !
“APRÈS TOUT CE QU'ON A VÉCU ENSEMBLE” ?
ENFIN, C'EST PAS FAUX, MAIS BON...
QUI A FOUTU EN L'AIR TOUT CE QU'ON A VÉCU ENSEMBLE, HEIN ?!
BON...
C'EST L'HEURE D'ALLER EN COURS !
HMM ?
AU FAIT...
TU VAS À QUELLE UNIVERSITÉ ?
AH !

BAAM
JE SUIS À L'UNIVERSITÉ TEITO.
OH...
C'EST L'UNE DES MEILLEURES ÉCOLES DU PAYS !
ELLE VEUT QUE JE FASSE SEMBLANT D'ÊTRE UN ÉTUDIANT DE TEITO ?!
* UNIVERSITÉ TEITO

HEUREUSEMENT, LE CAMPUS EST IMMENSE, ET IL Y A BEAUCOUP DE MONDE.
JE DEVRAIS POUVOIR ME FONDRE DANS LA MASSE SANS CROISER DE GENS QU'ELLE CONNAÎT.
CAMPUS MAP
EUH... JE SUIS OÙ ?
LEMON !
EH !
HMM ?
LEMON, C'EST MOI !
C'EST VRAI !
ZUT !
AH !
EH !
QU'EST-CE QUE TU FAIS PLANTÉE LÀ ?
SALUT !
ARGH !
CE SONT SES AMIES ?!
COMMENT ONT-ELLES PU ME TROUVER SI VITE ?!
RIEN DU TOUT... HA HA.
AU FAIT, TOUT À L'HEURE, TU...
AH ! JE...
JE DOIS FILER AUX TOILETTES AVANT LE DÉBUT DU COURS !
GLOUPS
À PLUS !

HEIN ?
QUOI ?
JE DOIS FUIR AVANT DE FAIRE UNE GAFFE !
DZAM
MERDE...
ÇA COMMENCE MAL.
HAN... HAN...
OH, LEMON !
URGH !
SALUT !
ENCORE MERCI POUR L DERNIÈ FOIS.
HMM ?
C'EST ÉTRANGE...
LABORATOIRE
53
OH, BONJOUR... LEMON.
LE... LEMON !
ALLEZ, LEMON !
VIENS DANS NOTRE CLUB !
ON A RÉVU UNE OIRÉE DE BIENVENUE !
ELLE EST POPULAIRE ?
ALUT, EMON !

POURQUOI TOUT LE MONDE SEMBLE L'APPRÉCIER ?
TRÈS BIEN, REPRENONS LÀ OÙ NOUS EN ÉTIONS.
JE SUIS ENFIN ARRIVÉ EN CLASSE...
PFIOU...
DÈS QUE LE COURS SE TERMINE, JE ME CASSE EN VITESSE.
ON VA UTILISER LE RÉSUMÉ QUE JE VOUS AI DISTRIBUÉ LA SEMAINE DERNIÈRE.
ET À LA FIN DU COURS, IL Y AURA UN PETIT CONTRÔLE SUR LA LEÇON D'AUJOURD'HUI.
GLOUPS
HEIN ?
C'EST PAS VRAI !
ELLE NE M'A RIEN DIT À CE SUJET !
KRSH
KRSH
KRSH
JE N'AI MÊME PAS LE RÉSUMÉ...
ÇA CRAINT !
HUM...

OUI ?
TU AS OUBLIÉ LE RÉSUMÉ ?
OH !
SI TU VEUX, JE PEUX TE PRÊTER LE MIEN.
TU ES SÛR ?
OUI !
JE VAIS JETER UN ŒIL À CELUI DE MON VOISIN.
TIENS.
OH, IL EST TROP SYMPA !
MERCI BEAUCOUP !
C'ÉTAIT...
MOINS UNE.
Tiens, voici mon numéro !
ペラ
FRSH
JE RÊVE...
JE ME SENS...
OBSERVÉ...
DE TOUS LES CÔTÉS.
ELLE PLAÎT TANT QUE ÇA AUX MECS ?!

JE N'ARRIVE PAS À Y CROIRE !
VOUS VOUS FAITES TOUS AVOIR, LES GARS !
CETTE FILLE...
CETTE VIPÈRE !
ボキッ CRAC
C'EST LE GENRE À JONGLER AVEC QUATRE MECS À LA FOIS !
LE CONTRÔLE EST FINI, POSEZ VOS STYLOS.
N'OUBLIEZ PAS DE RENDRE VOS DEVOIRS EN SORTANT.
LEMON ! ON MANGE ENSEMBLE ?
JE...
JE SUIS CREVÉ.
UNE AUTRE FOIS !
J'AI JUSTE ASSISTÉ À UN COURS, ET JE SUIS EXTÉNUÉ !
MAIS IL ME RESTE UN DERNIER TRUC À FAIRE...
OUAIS...

IL FAUT QUE J'AILLE VOIR COMMENT LEMON S'EN SORT !
BON...
FUIT
ヒョコ
* UNIVERSITÉ SEIHOKU
LE COURS VIENT DE FINIR...
ELLE DEVRAIT SORTIR D'UNE MINUTE À L'AUTRE...
!
C'EST MOI...
ENFIN, NON...
C'EST LEMON !
TROUVÉE !

HMM ? ELLE PARLE À QUI ?
ARGH !
OH NON...
PAS LES GARS DU CLUB D'ARTS MARTIAUX ! ILS SONT CONNUS POUR LEURS TECHNIQUES DE RECRUTEMENT AGRESSIVES !
TING ムキ...
TING ムキ...
TING ムキ...
TING ムキ...
CLUB D'ARTS MARTIAUX
Les muscles ne te trahiront jamais !
ELLE EST PRISE AU PIÈGE !
LES RUMEURS ÉTAIENT DONC VRAIES, ILS MOBILISENT TOUS LEURS GROS BRAS POUR RECRUTER DES PETITS NOUVEAUX...
BRR
JOLIS BICEPS !
AH, MERCI.
TU AS DU POTEN-TIEL !
À QUOI ELLE JOUE ?!
...
ALLEZ, VITE...
REFUSE !
C'EST MON CORPS, BORDEL !

ATTENDS...
ON DIRAIT...
QU'ELLE A PEUR, NON ?
MÊME MOI, EN TANT QU'HOMME, JE SERAIS INTIMIDÉ D'ÊTRE ENCERCLÉ PAR DES GARS AUSSI COSTAUDS.
EN PLUS...
COMME ILS LA PRENNENT POUR UN HOMME...
ÇA DOIT ÊTRE ENCORE PLUS EFFRAYANT POUR ELLE.
FLIIT
ぎゅっ
ET PUIS...

TSS !
SÉRIEUX...
POURQUOI RIEN N'EST JAMAIS SIMPLE, AVEC ELLE ?!
QUE FAIRE ?
ON DIRAIT QUE J'AI LOUPÉ L'OCCASION DE DIRE NON.
CE CLUB EST FAIT POUR TOI, JE TE LE GARANTIS !
JE NE SAIS PAS TROP...
LAISSEZ-MOI TRANQUILLE...
ILS SONT TOUS SI IMPOSANTS...
MON ÉPAULE COMMENCE À ME LANCER...
CRR
AH...
ALLEZ-VOUS-EN.
FUIT

J'AI PEUR.
DÉSOLÉE POUR L'ATTENTE !

ザワッ
HMM ?
GLOUPS
MON COURS A UN PEU TARDÉ...
ALLEZ, ON Y VA ! ♡
O... OK !
AH, AT-TENDS.
PEUX-TU AU MOINS ÉCRIRE TON NOM ICI ?
ARGH !
INSCRIPTION
HUM...
VOUS VOULEZ QUOI À MON MEC, ENCORE ?
Vous êtes vraiment lourds à la fin, lâchez-lui la grappe !
KII
RIEN DU TOUT...
DOOM
INSCRIPTION
BRR BRR BRR BRR BRR BRR
ガタ ガタ ガタ ガタ ガタ ガタ
NON, MAIS JE RÊVE !

ÇA VA PAS DE TE LAISSER EMBRIGADER PAR DES TARÉS ?! C'EST MON CORPS, JE TE SIGNALE !
DÉSOLÉE...
HÉ HÉ...
BON...
JE COMPRENDS QUE TU AIES FLIPPÉ, MAIS...
IL FAUT QUE TU APPRENNES À DIRE NON TOUT DE SUITE.
OUPS.
TU AS REMARQUÉ QUE J'AVAIS PEUR ?
HMM ?
BEN...
OUAIS.
TU AS TOUJOURS CETTE MÊME MANIE.

QUAND TU ES NERVEUSE...
TU TIRES SUR LE BOUT DE TES MANCHES.
...
ENFIN...
QUAND VA-T-ON ENFIN RÉCUPÉRER NOS CORPS ?
PSST
ボッ
PFF...
C'EST CE CÔTÉ-LÀ DE LUI QUE...
HMM ?
TU AS DIT QUELQUE CHOSE ?
...

FLUIT
NON, RIEN DU TOUT !
AH BON ?
DE TOUTE FAÇON, ON N'A PAS DE SOLUTIONS POUR L'INSTANT...
ALORS ON DEVRAIT SÉCHER LES COURS CET APRÈM ET...
ATTENDS.
TILT
CETTE FILLE AVAIT DÉJÀ QUATRE COPAINS AU COLLÈGE...
ELLE EN A PEUT-ÊTRE ENCORE UNE RIBAMBELLE AUJOURD'HUI ?
Vipère croqueuse d'hommes
ET COMME JE DOIS ME FAIRE PASSER POUR ELLE...
FLIRT PAR INTÉRIM.
Mec ①
Mec ④
Mec ⑤
Mec ②
Mec ③
?
...
GRR...
C'EST UNE BLAGUE, OU QUOI ?!
LEMON !!

EUH... OUI ?
POURQUOI TU CRIES ?
COMBIEN DE PETITS COPAINS AS-TU EN CE MOMENT ?
QUOI ?
JE N'EN AI PAS...
SÉRIEUX ?
PAS UN SEUL ?
OUI.
POURQUOI ?
EUH...
JE...
JE ME SUIS DIT QUE...
TU EN AVAIS PLUS D'UN...
HEIN ?
À L'ÉPOQUE...
TU M'AS TROMPÉ AVEC TROIS AUTRES MECS.
OH !
EN...
EN CE MOMENT...
C'EST JUSTE UNE PÉRIODE CREUSE.
AH, JE VOIS...

JE VOIS...
ÇA LUI ARRIVE MÊME À ELLE...
HMM...
AH !
RESSASSER LE PASSÉ ME FAIT PEUT-ÊTRE PASSER POUR UN MEC QUI N'A PAS TOURNÉ LA PAGE ?
MINCE !
CE N'ÉTAIT PAS CE QUE JE VOULAIS !
ARGH
...
POUR L'INSTANT...
LAISSONS ÇA DE CÔTÉ, ON EN REPARLERA DEMAIN.
J'VEUX JUSTE RENTRER CHEZ MOI.
D'ACCORD.
J'SUIS K.O.
HEUREU-SEMENT QU'ON VIT SEULS...
ON VA POUVOIR RENTRER CHACUN CHEZ SOI.
AH.
"AH" ?
EUH...
HUM...
J'AI OUBLIÉ DE TE DIRE...

JE SUIS EN COLOCATION AVEC UNE AMIE...
UNE...
QUOI ?!
EH !
AT-TENDS.
TU NE POUVAIS PAS M'EN PARLER PLUS TÔT ?
OUPS.
J'AI OUBLIÉ.
DÉSOLÉE...
TU TE FOUS DE MOI ?!
ET DONC...
CETTE AMIE, C'EST...
DÉSOLÉE, SUNAO.
VOILÀ, TU SAIS TOUT...
JE TE DONNERAI PLUS DE DÉTAILS PAR MESSAGE !
À PLUS !
?!
EH !
DZAM

REVIENS !
ON DOIT ENCORE...
LEMON ?
SALUT !
TU RENTRES À LA MAISON ?

HEIN ?
UN PROF ABSENT ?
TU AS FINI TÔT !
POUR-QUOI... NATSUMI ME...
NE ME DIS PAS QUE...
JE VIENS DE FAIRE LES COURSES...
IL Y AVAIT DE SUPER PROMOS SUR LA VIANDE HACHÉE...
DONC CE SOIR, CE SERA STEAK HACHÉ !
C'EST LA COLOC DE LA VIPÈRE ?
スーパー

...
RENTRONS À LA MAISON !
FUIT
J'ESPÈRE QUE TOUT IRA BIEN...
HAN...
C'EST FOU...
J'AI ÉCHANGÉ DE CORPS AVEC SUNAO...
QUE SE PASSE-T-IL ?
TOUT À L'HEURE, J'AI VRAIMENT PANIQUÉ...
"TU M'AS TROMPÉ AVEC TROIS AUTRES MECS."
IL N'AVAIT DONC PAS OUBLIÉ...
AAH...
JE SAIS QU'À L'ÉPOQUE ...
J'AI DIT ÇA SANS RÉFLÉCHIR, MAIS...

POURQUOI J'AI INVENTÉ QUE J'AVAIS TROIS AUTRES COPAINS ?
OH, UN PETIT CHAT !

HOPE YOU'RE HAPPY, LEMON!

NON SEULEMENT...
J'AI ÉCHANGÉ DE CORPS AVEC LEMON...
MAIS EN PLUS...
OH, ET AUSSI...
suis passée devant la nouvelle boulangerie en face de la gar
SA COLOC...
N'EST AUTRE QUE NATSUMI KOGAHARA !
Chapitre 2
COMMENT SE CONNAISSENT-ELLES ?!
AH !
ATTENDS ...
ÇA VEUT DIRE QUE...

JE VAIS PASSER LA NUIT SOUS LE MÊME TOI QUE NATSUMI ?
EUH... LEMON... ÇA VA ?
TU ES LIVIDE.
TOUT...
TOUT VA BIEN, NATSUMI ...
ARGH !
AH !
AU FAIT...
JE NE SAIS PAS DU TOUT COMMENT LEMON SE COMPORTE AVEC NAT-SUMI !
J'ESPÈRE QUE ÇA A ÉTÉ...
ZIM
POURQUOI TU M'APPELLES PAR MON PRÉNOM, TOUT À COUP ?
NON, C'EST PAS PASSÉ !
AH !
TU ME CACHES QUELQUE CHOSE, C'EST ÇA ?
MINCE ! ELLE VA ME GRIL-LER !
TU AS MANGÉ LE PUDDING QUE J'AVAIS LAISSÉ DANS LE FRIGO ?
BOUH BOUH BOU
ON DIRAIT QUE JE VAIS POUVOIR M'EN TIRER EN LA JOUANT FINE !
OUF...

COMMENT LEMON L'APPELLE-T-ELLE ?
ELLE LUI DONNE UN SURNOM ?
EUH...
NA...
BOUM BOUM
ドキドキ
TU PENSAIS VRAIMENT QUE J'ALLAIS M'ÉNERVER POUR SI PEU ?
ALLEZ, ARRÊTE ÇA TOUT DE SUITE ET APPELLE-MOI NATSU, COMME D'HABITUDE !
N'IMPORTE QUOI.
NATSU !
NA...
NATSU ?
C'EST AU-DESSUS DE MES FORCES !
BOBOM
C'EST BON, TU ES TOUTE PARDONNÉE !
POURQUOI TU ES TOUTE ROUGE ?
JE...
502
J'Y ARRIVERAI PAS ! ELLE VA ME DÉMASQUER !

PFIOU... ENFIN À LA MAISON !
CE MATIN, J'ÉTAIS TROP PANIQUÉ POUR LE REMARQUER, MAIS...
チラ
ZIM
AVEC DU RECUL...
C'ÉTAIT ÉVIDENT QU'ELLE NE VIVAIT PAS SEULE.
GH...
C'EST L'APPART DE NATSUMI (ET LEMON) ...
BRR
BRR
BON !
BRR
JE VAIS PRÉPARER LE DÎNER !
AH !
EH BIEN, JE VAIS DANS MA CHAMBRE, J'AI DES DEVOIRS À FAIRE...
D'ACCORD ! JE T'APPELLERAI QUAND CE SERA PRÊT !

バタム
CLAC
PFF...
MAIS...
バ
VSH
PORTABLE DE SUNAO.
C'EST QUOI, CE BORDEL ?!
Lemon Nishikawa
Chat
Appel vocal
Appel vidéo
ALORS ?
18:01
EXPLIQUE-MOI TOUT !
BIP
ON TRAVAILLAIT ENSEMBLE AU LYCÉE, C'EST LÀ QUE JE L'AI RENCONTRÉE !
COMME NOS ÉCOLES SONT À CÔTÉ, ON A DÉCIDÉ DE VIVRE EN COLOC.
HAPPY
C'EST UNE BLAGUE ?!

BIP
EN PLUS, ELLE EST DANS LA MÊME ÉCOLE QUE TOI !
JE SAIS.
BIP
ELLE EST EN DEUXIÈME ANNÉE !
JE SAIS.
BIP
EN TOUT CAS, TU VERRAS, ELLE EST ADORABLE !
JE SAIS.
BIP シュポ
BIP シュポ
COURAGE !
DONC TOUT IRA BIEN !
QUOI ?!
PAS DU TOUT ! TOUT PART EN VRILLE !
BIP
AU FAIT, IL Y A EU DES DEVOIRS AUJOURD'HUI ? SI OUI, TU PEUX LES FAIRE POUR MOI ?
ELLE A DU CULOT !
EN PLUS, C'EST SUPER DUR !
JE PIGE RIEN DU TOUT.

IL LE FAIT QUAND MÊME.
ÇA CRAINT... POURQUOI C'EST À MOI DE FAIRE ÇA ?
Introduction à l'algèbre linéaire
CRITCH
C'EST PRÊT !
À TABLE !
CRITCH
AH !
OUI !
J'ARRIVE.
QUELLE GALÈRE...
LEMON ET NATSUMI SONT AMIES DEPUIS LE LYCÉE...
PFF...
FSH.
ET MOI, JE DOIS ME FAIRE PASSER POUR LEMON SANS ÉVEILLER DE SOUPÇONS.
CLAC
C'EST CARRÉMENT MISSION IMPOSSIBLE, NON ?
JE ME DEMANDE COMMENT ÇA SE PASSE POUR LEMON...
HAAN...
MON CERVEAU TOURNE À MILLE À L'HEURE, J'EN AI PERDU L'APPÉTIT...

REGARDE ÇA, JE SUIS TROP FIÈRE DU RÉSUL-TAT !
Mangeons !
JE RETIRE CE QUE J'AI DIT !
JE MEURS D'ENVIE DE GOÛTER...
UN PETIT PLAT MIJOTÉ PAR NATSUMI !
CRR

EH BIEN...
BON APPÉTIT !
B...
BON APPÉTIT !
TAC
PSHH
CHOMP
TING
!
OOH !
SA CUISINE EST INCROYABLE !
C'EST TROP BON !
WAOUH...
KII
?!
BOBOM
KIIIIII
BLOUPS
AH !
ALORS ? ÇA TE PLAÎT ?
ALORS ?
ELLE ATTEND MA RÉACTION ?

EUH...
ÇA DÉCHIRE ...
C'EST VRAIMENT DÉLICIEUX !
C'EST VRAI ?! JE SUIS TROP CONTENTE !
YOUPI !
TING
ぱあ〜〜っ
CETTE FOIS, J'AI AJOUTÉ UNE TOUCHE DE MISO ET ÇA FAIT TOUTE LA DIFFÉRENCE !
FSH
FSH
FSH
...
ON DIRAIT UN CHIOT QUI REMUE LA QUEUE...
BRR
BRR
BRR
プル
プルプル
EN TOUT CAS...
C'EST VRAI...
IL EST JUTEUX À SOUHAIT !
C'EST LE MEILLEUR STEAK HACHÉ QUE J'AI MANGÉ DE MA VIE !
À CE POINT ?!
VRAIMENT ?!
MERCI !
ÇA FAIT PLAISIR À EN-TENDRE !
HÉ HÉ HÉ !
JE NE T'ARRIVE PAS EN-CORE À LA CHEVILLE, MAIS...
J'AI PAS FINI DE M'AMÉLIO-RER !
HMM ?
ELLE SAIT CUISINER, LEMON ?
C'EST VRAI, JE DOIS ADMETTRE QUE C'EST DÉLICIEUX !
SÉRIEUX ?!
もぐ
CHOMP
もぐ
CHOMP

CLAP
ぱん
MERCI POUR LE REPAS !
AH, JE VAIS FAIRE LA VAISSELLE, NA... NATSU !
MERCI.
VSHH
ザー
HAN...
J'AI MANGÉ UN PLAT FAIT PAR NATSUMI...
LE RÊVE.
PING
じーん
QUI AURAIT CRU QU'ÉCHANGER DE CORPS AVEC LEMON ME RÉSERVERAIT UNE SURPRISE AUSSI EXQUISE ?
OH !
PEUT-ÊTRE QUE JE DEVRAI CUISINER À LA PLACE DE LEMON, UN DE CES JOURS ?
TING
ふと
MAIS MON NIVEAU EN CUISINE SE LIMITE À...
Pâtes au micro-ondes
et sauce du supermarché.
Déjà prête.
Maxi sauce bolognaise
Rapide
Éco
Goût correct
Le plat ultime des étudiants !

FSHH
JE VAIS ME FAIRE GRILLER, C'EST SÛR !
C'EST FICHU...
NON !
PAS QUESTION DE ME FAIRE AVOIR SUR UN TRUC PAREIL !
JE DOIS TROUVER UNE SO-LUTION...
ぶんぶんぶんぶんぶ
FLUIT FLUIT FLUIT FLUIT FLUIT
AH !
FLOP
BAM
AAH !
HEIN ?
CLING
QUE S'EST-IL PASSÉ ?
ÇA VA ?
AAAH...
L'AS-SIETTE EST CASSÉE ...
OH NON...
DÉ... DÉ-SOLÉ !
OH...
ON S'EN FICHE DE L'AS-SIETTE !
TA MAIN !
TU T'ES COUPÉE ?!
GRAB

TROP PROCHE !
BOUM
SA MAIN !
PFIOU...
OUF, TU N'AS RIEN !
BOUM
BOUM
TU M'AS FAIT PEUR...
AH, L'ASSIETTE, C'ÉTAIT...
L'UNE DES DEUX...
QUI ALLAIENT ENSEMBLE ?
BOUM
QUOI ?
EN PLUS, J'AI CASSÉ UNE PARTIE D'UNE PAIRE ?!
AAAAH !
JE SUIS VRAIMENT DÉSOLÉE !
JE VAIS TE REMBOURSER !
HEIN ?
MAIS NON !
C'EST PAS GRAVE...
...
JE SAIS !
POUR TE FAIRE PARDONNER...
JE RÉQUISITIONNE...
TING
UN DE TES JOURS DE REPOS !
UN JOUR DE REPOS ?! POURQUOI ?
CE JOUR-LÀ...

ON IRA ENSEMBLE ACHETER DE NOUVELLES ASSIETTES !
QU'EN DIS-TU ?
!
OH, NATSUMI !
AVEC PLAISIR !
SUPER !
MÊME SI JE SAIS QUE C'EST LEMON, ET PAS MOI QU'ELLE INVITE...
JE VOULAIS JUSTEMENT ALLER FAIRE UN TOUR AVEC TOI AU NOUVEAU CENTRE COMMERCIAL !
J'AI HÂTE !
MON CŒUR S'EMBALLE TOUT SEUL.
AUCUN DOUTE...
LAISSE-MOI NETTOYER ÇA !
JE SUIS VRAIMENT AMOUREUX D'ELLE !

JE NE PEUX PAS RESTER COMME ÇA !
OH, ET ON ACHÈTERA DES VÊTEMENTS ! JE VEUX FAIRE LE PLEIN POUR L'ÉTÉ !
JE DOIS RETROUVER MON CORPS AU PLUS VITE...
POUR POUVOIR LUI DIRE CE QUE JE RESSENS !
MAIS POUR L'INSTANT...
HMM...
JE N'AI AUCUNE IDÉE DE COMMENT FAIRE...
HAAAAAN...
C'EST LOGIQUE, ON NE SAIT MÊME PAS COMMENT ON EN EST ARRIVÉS LÀ...
EN ATTENDANT...
RDV DEMAIN MATIN.
POUR TROUVER UNE SOLUTION.
D'ACC !
COMPTE SUR MOI !
POP
シュポ
TOC TOC
HMM ?

LA SALLE DE BAIN EST LIBRE !
CLAC
ガチャッ
OH !
C'EST À TON TOUR !
NATSUMI ! TOUT JUSTE SORTIE DU BAIN !
LE PARFUM DU SAVON QUI S'ÉCHAPPE PAR LA PORTE.
OK...
ME...
MERCI...
?
MON BAIN ?
MON BAIN...
JE NE PEUX QUAND MÊME PAS...
EUH...
JE CROIS PAS QUE JE VAIS EN PRENDRE UN, AUJOURD-D'HUI...
C'EST MORT !
QUOI ?

TU ES MALADE ?
ÇA NE VA PAS ?
NON, C'EST PAS ÇA, MAIS...
APRÈS !
JE PRENDRAI MON BAIN APRÈS.
ARRÊTE !
SI TU N'Y VAS PAS MAINTENANT, IL SERA TARD, TU AURAS LA FLEMME ET TU FINIRAS PAR NE PAS Y ALLER, COMME D'HABITUDE !
EN PLUS, C'EST TOI QUI M'AS DEMANDÉ D'INSISTER POUR QUE TU PRENNES TON BAIN MÊME QUAND TU N'EN AS PAS ENVIE !
ALORS VAS-Y ! DÉPÊCHE-TOI !
LA VIPÈRE !
AH...
D'A... D'ACCORD, J'Y VAIS TOUT DE SUITE...
Y A INTÉRÊT !
CLAC
JE...
JE FAIS QUOI ?
PLIC
PLIC
PLIC
PLIC
VRRR
AH.
Lemon Nishikawa
JE T'INTERDIS DE TE LAVER !
C'EST CLAIR ?
21:36
MÊME SI ELLE INSISTE, REFUSE.
C'EST TOI QUI M'AS MIS DANS CE PÉTRIN !

AH !
ELLE M'AP-PELLE ?!
TRILILI
LEMON NISHIKAWA
GLOUPS
ALLÔ ?
BIP
SUNAO !
DIS-MOI QUE TU N'AS PAS PRIS TON BAIN ! NE T'APPROCHE PAS DE LA SALLE DE BAIN !!
DZZZT
C'EST BON, JE NE L'AI PAS PRIS !
MÊME SI NATSU INSISTE, TU N'Y VAS PAS, D'ACCORD ?!
SI ELLE REMARQUE QUE TU TRAÎNES, ELLE RISQUE DE T'Y ENTRAÎNER DE FORCE, MAIS QUOI QU'IL ARRIVE...
IGNORE-LA !
COMMENT ?!
C'EST DE TA FAUTE ! SI TU TE LAVAIS TOUS LES JOURS, ON N'EN SERAIT PAS LÀ !
ET DONC, MAINTENANT ON NE SE LAVERA PLUS JAMAIS, C'EST ÇA ?!
URGH ! EUH...

TOC TOC
LEMON !
VA PRENDRE TON BAIN !
BOBOM
ドキッ
OU...
OUI, OUI ! J'Y VAIS !
JE NE VAIS PAS POUVOIR LA RETENIR LONGTEMPS ! QU'EST-CE QUE JE FAIS ?!
VAS ... VAS-Y... ...
D'A... D'ACCORD.
PAR CONTRE !
PROMETS-MOI DE FERMER LES YEUX !
TU ENTRES, ET TU RESSORS À LA SECONDE !
OK, OK !
ME LAVER DANS CE CORPS...
SÉRIEUX ...
MAIS JE N'AI PAS LE CHOIX...
ET AUSSI ...
HMM ?
SÈCHE-TOI BIEN LES MAINS ET NETTOIE
ON VISAGE AVEC DE L'HUILE NETTOYANTE.
TENTION, NE FROTTE PAS, ÉTALE-LA SIMPLE-
ENT SUR TOUTE LA SURFACE DE TON VISAGE.
ÈS CELA, RINCE-TOI DÉLICATEMENT LE VISAGE
L'EAU TIÈDE POUR ENLEVER L'HUILE SANS IRRI-
ER TA PEAU ! J'AI DEUX MASQUES QUE J'UTILISE
EN ALTERNANCE, MAIS AUJOURD'HUI, UTILISE LE
TUBE BLEU. APPLIQUE LE MASQUE EN MASSANT
BIEN JUSQU'AUX POINTES DES CHEVEUX POUR
IL PÉNÈTRE CORRECTEMENT. LAISSE-LE POSER
UELQUES MINUTES, PUIS RINCE SOIGNEUS
AH, J'OUBLIAIS, AVANT DE
ESSORE BIEN TES CHEV
NE SOIENT PAS TROP
DU BAIN, TU T
BLA BLA BLA BLA BLA BLA
COMMENT JE SUIS CENSÉ FAIRE TOUT ÇA EN UNE SECONDE LES YEUX FERMÉS ?!

Chat
ppel vidéo
BIP
LEMON ?
C'EST...
C'EST PAS VRAI...
BOM
DITES-MOI QUE JE RÊVE ...
ATTENDS, MOI AUSSI, JE DOIS ME LAVER ?
AH !
POOF
POOF
DOOOM

J'AI...
J'AI RÉUSSI...
HAAN...
ヨボ
FLOP
POURQUOI JE SUIS ENCORE PLUS FATIGUÉ APRÈS LA DOUCHE ?
ヨボ
FLOP
ガチャ
CLAC
CHEVEUX EN BATAILLE À CAUSE D'UN SHAMPOING FAIT À LA VA-VITE LES YEUX FERMÉS.
AH !
LE...
MON.
FOUAAH...
DÉSOLÉE, JE NE TIENS PLUS DE-BOUT.
ELLE A L'AIR FATIGUÉE...
SÛREMENT PARCE QUE J'AI PASSÉ LA NUIT À ÉCOUTER MIHO SE PLAINDRE, APRÈS LA SOIRÉE D'HIER...
JE LE HAIS !
CF. CHAPITRE 1
FOUAAH...
IL EST ENCORE TÔT, MAIS JE VAIS ME COUCHER.
ALORS...
BONNE NUIT !
HÉ HÉ !

!
BO...
BONNE NUIT...
パタン
GLAC
...
LA CONVERSATION QU'ON VIENT D'AVOIR, ET TOUTE CETTE JOURNÉE...
ON DIRAIT...
ON DIRAIT PRESQUE QU'ON MÈNE UNE VRAIE VIE DE COUPLE, NON ?!
EN FIN DE COMPTE, ÇA A DU BON...
C'EST CARRÉMENT LE PIED !
BIEN SÛR, JE VEUX RETROUVER MON CORPS, MAIS...
MINCE...
JE DOIS ME LEVER TÔT POUR REJOINDRE LEMON, MAIS...
MON CŒUR BAT LA CHAMADE, JE N'ARRIVE PAS À...
DORMIR...
ZZZ

Rappel d'alarme
Arrêter
BIP
BIP BIP
BIP BIP BIP BIP BIP BIP BIP BIP
FRSH

HEIN ?
JE SUIS DANS MON CORPS ?
COFFEE HOUSE DENEB

TOUT SEMBLE ÊTRE... RE-VENU À LA NORMALE.
HMM.
POURQUOI ?
ENFIN BON, TANT MIEUX.
DING
カランコロン
BIENVENUE !
SUNAO !
DONC, TOI AUSSI ...
TU AS RETROUVÉ TON CORPS ?
OUI.
HEUREUSEMENT.
UN THÉ GLACÉ, S'IL VOUS PLAIT.
MAIS QU'EST-CE QUI A BIEN PU RÉTABLIR LA SITUATION ?

AUCUNE IDÉE...
JE N'AI RIEN FAIT DE SPÉCIAL, J'AI JUSTE DORMI ET JE ME SUIS RÉVEILLÉ COMME ÇA...
MOI AUSSI...
ON NE SAIT MÊME PAS POURQUOI ON A ÉCHANGÉ DE CORPS, AU DÉPART.
HMM...
C'EST VRAI.
ENFIN BON, L'ESSENTIEL, C'EST QU'ON A RETROUVÉ NOS CORPS.
MERCI POUR TON AIDE.
CLING
コト
OUAIS.
CE N'ÉTAIT PAS DE TOUT REPOS, MAIS...
J'AI EU UN AVANT-GOÛT DE LA VIE AVEC NATSUMI, DONC IL Y AVAIT AUSSI DU POSITIF...
JE N'EN REVIENS PAS QU'ELLE SOIT AMIE AVEC NATSUMI DEPUIS TOUT CE TEMPS... ET ENCORE MOINS QU'ELLES SOIENT PROCHES AU POINT DE VIVRE ENSEMBLE.
キラ
ZIM
HMM ?
じっ...
KII
...

QUOI ?
NON...
JE N'AI PAS ENVIE DE COMPLIQUER LES CHOSES, ALORS...
JE VAIS ÉVITER DE PARLER DE NATSUMI POUR L'INSTANT ...
RIEN.
SÛR ?
ず
SLURP
カラン
CLING
TAC
BON...
JE VAIS Y ALLER...
OH ?
TU PARS DÉJÀ ?
OUAIS.
J'AI UNE RÉUNION AVEC MON CLUB.
À PLUS.
AH...
OUI.
À PLUS.

COFFEE HOUSE DENEB
MERCI !
カランコロン
DING
AAH...
FINALEMENT, JE N'AI PAS RÉUSSI À LUI DIRE...
FRSH
くしゃ
MAIS...
C'EST PEUT-ÊTRE MIEUX AINSI...

PFIOU...
ÇA Y EST, J'AI FINI MES DEVOIRS ...
ZIM
IL EST TEMPS DE DORMIR.
BON...
FRSH
TOUT ÉTAIT NORMAL, AUJOURD'HUI...
FRSH
FRSH
VSHH
ET ON NE SAURA JAMAIS CE QUI S'EST PASSÉ HIER...
ENFIN...
C'EST PAS GRAVE.
CLAC
J'AI RETROUVÉ MON CORPS ...
VLOF
ET JE NE VEUX PLUS RIEN AVOIR À FAIRE AVEC LEMON.

VOILÀ...
ピ
BIP
ゴロン
FLUIT
C'EST FINI...
すぅ...
ZZZ
MA VIE PEUT REPRENDRE SON COURS.

BIENVE-NUE.
...
BLA

POUR-QUOI...
ENCORE...
POURQUOI A-T-ON ENCORE ÉCHANGÉ DE CORPS ?
C'EST FOU, HEIN ?

POURQUOI ?!
ÇA A RE-COMMENCÉ CE MATIN...
ON VENAIT À PEINE DE RETROUVER NOS CORPS...
ON A ÉCHANGÉ DE CORPS IL Y A DEUX JOURS. HIER, TOUT ÉTAIT REDEVENU NORMAL...
ET AUJOURD'HUI...
OH...
NON...
J'AI L'IMPRESSION QU'ON SUIT UN CYCLE...
HEIN ?
PEUT-ÊTRE QU'ON EST CONDAMNÉS À ÉCHANGER DE CORPS TOUS LES DEUX JOURS...
OH ! PAS ÇA.
MAIS...
C'EST UNE POSSIBILITÉ, N'EST-CE PAS ?

OUI...
C'ÉTAIT JUSTE UNE SUP-POSITION, MAIS...
C'EST PRO-BABLE...
On fait quoi maintenant ?
On doit se faire passer l'un pour l'autre à vie ?
Et nos études ?
L'avenir
Comment ça marche, l'échange de corps ?
L'angoisse.
Une montagne de préoccupations...
...
OH PURÉE.
DOOM
P...
POUR L'INS-TANT...
ON IGNORE CE QUE L'AVENIR NOUS RÉSERVE, MAIS COMME ON A ENCORE ÉCHANGÉ DE CORPS...
FAISONS LE POINT SUR CE QU'ON DOIT SAVOIR L'UN SUR L'AUTRE ET FIXONS DES RÈGLES POUR ÉVITER D'ÊTRE DÉCOUVERTS.
OK ?
D'AC-CORD...
ELLE A RAISON.
COMME ELLE L'A DIT...
LA PRIORITÉ EST DE NE PAS ÉVEILLER LES SOUPÇONS.
COMMEN-ÇONS PAR PARLER DE L'ÉCOLE...
DE NOS AMIS, PAR EXEMPLE
...
...

HUM...
QUOI D'AUTRE ?
カラン
CLING
AH, NOS APPARTE-MENTS.
OUI...
D'AIL-LEURS...
TA COLOC...
AH !
NATSU ?
HUM...
DÉSOLÉE DE NE PAS T'EN AVOIR PARLÉ PLUS TÔT.
ÇA A DÛ ÊTRE UN CHOC DE TE RETROUVER EN COLOC AVEC UNE PARFAITE INCONNUE DU JOUR AU LEN-DEMAIN.
ÇA A ÉTÉ ?
HÉ HÉ !
...
OUAIS, ENFIN...
...
À CE PRO-POS...
QUOI ?!

ELLE EST DANS TON CLUB ?!
ALORS TU LA CONNAIS ?!
EH BIEN...
OH !
C'EST DINGUE !
OH, ALORS...
CE N'EST PAS UNE INCONNUE, TOUT VA BIEN !
FUIT
NON, ON A JUSTE PLUS DE CHANCES DE SE FAIRE GRILLER...
PARFAIT !
AH, ET...
AVEC NATSU, ON FAIT LES TÂCHES MÉNAGÈRES À TOUR DE RÔLE...
QUAND ON N'A PAS COURS, ON CUISINE SOUVENT ENSEMBLE.
CUISINER AVEC NATSUMI...
HA HA HA !
HI HI !
HA HA HA !
Moi
ET AUSSI ...
À... À PROPOS DE LA DOUCHE ...
!!
GLOUPS
Il y a deux jours...
GH...
BOBOM
AAAAH !
EFFACE ÇA DE TA TÊTE TOUT DE SUITE !
STOP !

BON !
INTERDIT DE SE LAVER DANS UN AUTRE CORPS QUE LE SIEN !
PLUS JAMAIS !
C'EST CLAIR ?!
C'EST BON, J'AI COMPRIS !
NE CROIS PAS QUE ÇA M'A FAIT PLAISIR !
ARRÊTE DE TE TENIR COMME ÇA !
SAUVÉ...
JE NE SUIS PAS DÉÇU... DU TOUT !
PFIOU...
ET AUSSI...
JE SUIS SOULAGÉ...
ON DEVRAIT SE DIRE OÙ SONT RANGÉES NOS AFFAIRES.
QU'EN PENSES-TU ?
TU DEVRAIS POUVOIR TE DÉBROUILLER EN FOUILLANT UN PEU, MAIS...
...
ÇA ME GÊNE DE FOUILLER DANS LES AFFAIRES DE QUELQU'UN...
EN SON ABSENCE...
HMMM...
MOI AUSSI...
OUI, JE COMPRENDS...
...
TU AS ENCORE...
UN PEU DE TEMPS ?
EUH...
OUI...
PARFAIT !
NATSU NE DEVRAIT PAS ÊTRE À L'APPART, ALORS...

JE VAIS...
TE FAIRE VISITER !
T'ES SÛRE QUE...
C'EST PAS RISQUÉ ?
OUI.
NATSU VA CHEZ UNE AMIE APRÈS LES COURS, AUJOURD'HUI ...
TANT MIEUX ALORS...
C'EST DINGUE QUE JE DOIVE ME CACHER POUR EN-TRER CHEZ MOI...
HAAN...
CLAC
COMMEN-ÇONS PAR MA CHAMBRE.

CLAC ?
JE SUIS RENTRÉE !
ELLE EST DE RETOUR !
VLAN
HMM ?
LEMON ? TU ES LÀ ?
C'EST UNE BLAGUE ?! ELLE EST CHEZ UNE AMIE, HEIN ?!
BOBOM
BOBOM
C'EST BIZARRE...

OÙ EST MON PORTE-FEUILLE ?
AH, LE VOILÀ !
JE SAVAIS QUE JE L'AVAIS OUBLIÉ À L'APPART.
OUF !
ELLE EST JUSTE VENUE RÉCUPÉRER SON PORTE-FEUILLE ?
ÇA CRAINT...
JE CROIS...
ELLE NE DOIT PAS ME TROUVER ICI...
SURTOUT PAS SEUL AVEC LEMON DANS SA CHAMBRE !
SI ELLE ME VOIT, JE SUIS CUIT !
LEMON...
!
ÉTRANGE...
NATSUMI NE DOIT PAS DÉCOUVRIR QUE JE SUIS ICI, IL FAUT QU'ON RESTE BIEN CACHÉS, ET...
JE SUIS SÛRE QU'ELLE EST À LA MAISON... J'AI VU DES CHAUSSURES QUI NE SONT PAS À NOUS DANS L'ENTRÉE, ELLE DOIT AVOIR DE LA VISITE...
?
TROP TARD.

ガチャ
CLAC
OH ! LE...
MON.
HEIN ?
SUNAO ?
SALUT...
...
QUE FAIS-TU ICI ?!
ATTENDS, VOUS VOUS CONNAIS-SEZ ?
??
EUH...
OUI, ON SE CONNAÎT !
OH, C'EST VRAI ?!
MAIS... COMMENT ÇA SE FAIT ?
VOUS N'ALLEZ PAS À LA MÊME FAC...
?
GLOUPS

ON...
ON EST AMIS D'ENFANCE !
YEAH !
EH OUI !
OH !
SÉRIEUX ? JE N'EN AVAIS AUCUNE IDÉE !
Ouii !
LE MONDE EST PETIT !
ÇA EXPLIQUE QUE SUNAO SOIT À LA MAISON.
HA HA HA HA !
C'EST INCROYABLE ! ON ÉTAIT TOUS LES TROIS AMIS SANS MÊME LE SAVOIR !
VOUS DEVEZ ÊTRE TRÈS PROCHES !
OUI, VOILÀ...
ON N'A PAS MENTI !
HA HA HA HA !

JE VOIS !
BON, JE VOUS LAISSE, JE PASSAIS JUSTE PRENDRE MON PORTE-FEUILLE.
À PLUS.
AU FAIT, LEMON ! JE VAIS PASSER LA JOURNÉE CHEZ UNE AMIE, AUJOURD'HUI.
AH !
OUI, ÇA MARCHE !
OH !
J'Y PENSE, SUNAO !
POUR LE WEEK-END PROCHAIN, ON PEUT SE VOIR UN PEU PLUS TARD ?
J'AI EU UN PETIT CONTRETEMPS ET JE DOIS PASSER À L'ÉCOLE LE MATIN...
BOBOM
HEIN ?!
EUH...
D'ACCORD.
DÉSOLÉE !
???
HMM ?
LE WEEK-END PROCHAIN...
OH !
!!
ARGH !
AVEC TOUT CE QUI S'EST PASSÉ, J'AVAIS COMPLÈTEMENT OUBLIÉ !
MAIS OUI !
LE WEEK-END PROCHAIN...
J'AI RENDEZ-VOUS AVEC NATSUMI AU CINÉMA !

FAIS COMME CHEZ TOI !
バタン…
CLAC
OUF...
ELLE NE S'EST DOUTÉE DE RIEN...
QUOI ?!
シュバ
FSH
POURQUOI TU CRIES COMME ÇA ?!
TU M'AS FAIT PEUR.
AUJOURD'HUI, C'EST LE 1ER JUIN... NOTRE RENDEZ-VOUS EST LE 11 JUIN...
Juin
SI ON CONTINUE À ÉCHANGER DE CORPS TOUS LES DEUX JOURS...
Dans celui de Lemon
Jour dans mon corps
1er juin
2 juin
3 juin
4 juin
5 juin
6 juin
7 juin
8 juin
9 juin
10 juin
11 juin
Bingo
Jour J Je serai dans le corps de Lemon.
ON !
AU FAIT, VOUS PARLIEZ DU WEEK-END PROCHAIN, TOUT À L'HEURE. VOUS AVEZ PRÉVU QUELQUE CHOSE ?
J'AI RÉPONDU UN PEU AU PIF, J'ESPÈRE QUE ÇA VA...
HUM...

TOUT VA BIEN ?
GH...
NON, PAS DU TOUT.
DOOM
CO...
COMMENT JE VAIS FAIRE ?
NON...
PAS MON RENCARD TANT ATTENDU !

HOPE YOU'RE HAPPY, LEMON!

J'AI PANIQUÉ EN RÉALISANT QUE LE JOUR DE MON RENDEZ-VOUS AVEC NATSUMI...
JE SERAI DANS LE CORPS DE LEMON, MAIS...
11 juin
13 h 30
Cinéma avec Natsumi
C'EST PAS SI GRAVE...
IL SUFFIT DE DÉCALER LE RENDEZ-VOUS, ET C'EST RÉGLÉ !
OH !
NATSUMI !
Chapitre 3

OH ! SUNAO !
ÇA VA ?
C'EST LE MOMENT IDÉAL.
ÇA VA, ET TOI ?
HUM... À PROPOS DU WEEK-END PROCHAIN...
HMM ?
JE SUIS VRAIMENT DÉSOLÉ, MAIS J'AI UNE URGENCE À RÉGLER...
ON PEUT REPORTER À UN AUTRE JOUR ?
OH, JE VOIS.
OUF...
GÉNIAL !
AUCUN SOUCI !
ALLONS-Y UN AUTRE JOUR !
HI HI !
DÉSOLÉ, NATSUMI.
MERCI BEAUCOUP.
FSH
はっ
TU AS UNE PRÉFÉRENCE POUR LE JOUR ?
ATTENDS... JE VÉRIFIE MON PLANNING.
DANS LES JOURS À VENIR...
HMM...

7/4 5 6 7 8 9 10 11 12 13 14 15
Aujourd'hui
= jour dans le corps de Lemon
JE SUIS LIBRE LE 9, LE 13 ET LE 15 !
QUE DES JOURS OÙ JE NE SERAI PAS DANS MON CORPS...
AUCUN DE CES JOURS NE TE CONVIENT ?
EUH...
DÉSOLÉ...
C'EST RIEN !
ALORS ON A QU'À Y ALLER PLUS TARD DANS LE MOIS ?
HUM... JE SUIS LIBRE LE...
AAH...
LE FILM NE SERA PLUS À L'AFFICHE D'ICI LÀ...
OH !
OH !
MAIS LES JOURS OÙ JE SUIS LIBRE, TU NE L'ES PAS...
QUOI ?
HMM... TANT PIS...
AH !
NON !
NE DIS PAS ÇA !
PLIC PLIC PLIC
PLIC PLIC PLIC
だらだらだらだら

JE PENSE QU'ON N'A PAS LE CHOIX... IL VA FALLOIR ANNULER.
!!
ARGH !
N... NON !
MON RENCARD ...
AAH !
ELLE A L'AIR DÉÇUE !
ÇA AURAIT ÉTÉ GÉNIAL DE DISCUTER DU FILM APRÈS LA SÉANCE...
しゅん
FSH
C'EST PARCE QUE NOTRE RENCARD EST ANNULÉ ?!
OU JUSTE PARCE QU'ELLE VOULAIT VOIR LE FILM ?!
BOBOM
ドキ ドキ
MAIS BON, C'EST LA VIE.
JE N'EN SAIS RIEN...
MAIS...
JE DOIS FAIRE QUELQUE CHOSE ! JE NE SUPPORTE PAS DE LA VOIR COMME ÇA !
GH...
HUM...
EN FAIT, POUR LE 11 JUIN...

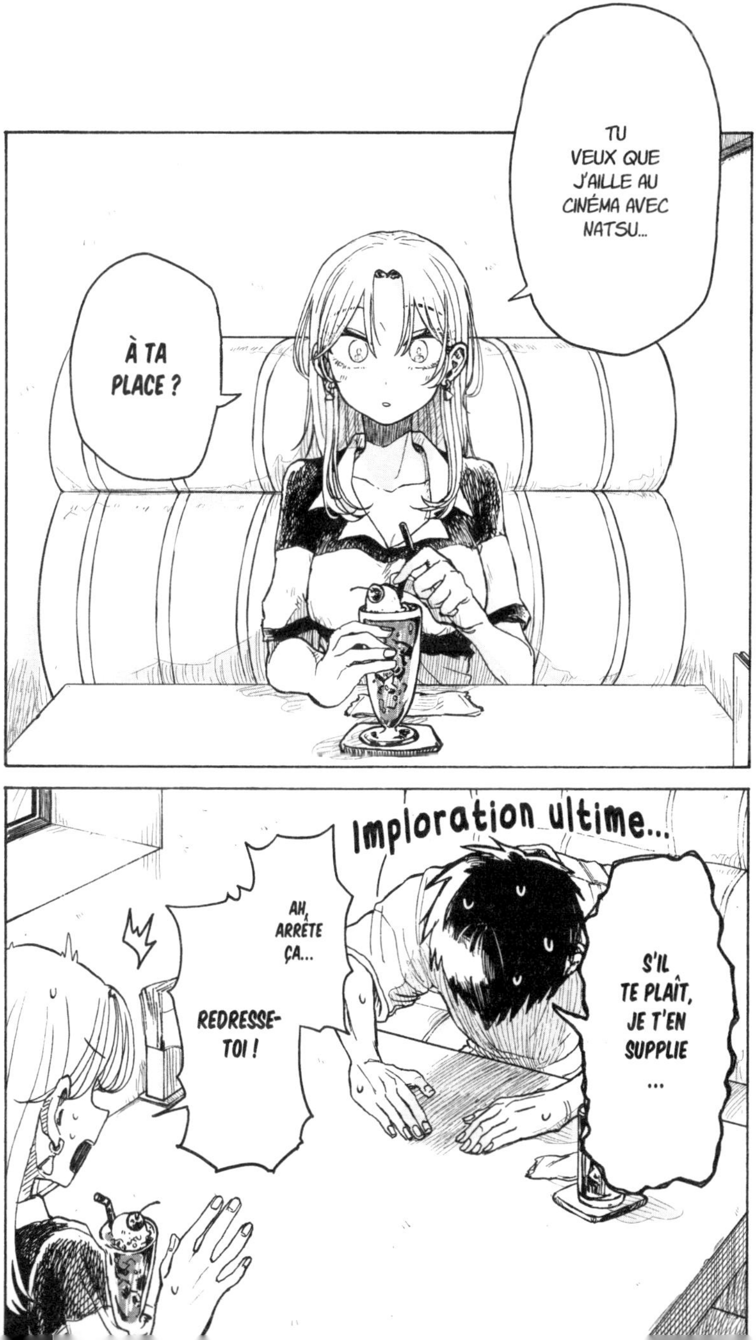
TU VEUX QUE J'AILLE AU CINÉMA AVEC NATSU...
À TA PLACE ?
Imploration ultime...
S'IL TE PLAÎT, JE T'EN SUPPLIE...
AH, ARRÊTE ÇA...
REDRESSE-TOI !

J'AI DÛ RATER UN ÉPISODE, MAIS...
AUCUN SOUCI.
GRR...
?
JE SAIS QUE C'EST SUPER RISQUÉ, MAIS...
JE NE PEUX PAS LAISSER NATSUMI SOUFFRIR À CAUSE DE MOI !
OH NON ! JE VOULAIS VOIR CE FILM AVEC TOI...
ELLE N'A PAS DIT ÇA.
AU FAIT...
C'EST QUEL FILM ?
EUH, C'EST CE FILM-LÀ.
AH, OUI.
FSH
GREEN FLASH 2 :
La suite tant attendue enfin sur grand écran
TAC
"GREEN FLASH 2", JE VOIS...
SI C'EST LE 2... C'EST UNE SUITE ?
OH, TU N'AS PAS VU LE PREMIER ?
NON.
LE TITRE ME DIT VAGUEMENT QUELQUE CHOSE.
MAIS C'EST TOUT.
...

TU DEVRAIS REGARDER LE PREMIER AVANT, SINON TU RISQUES D'ÊTRE PERDUE...
HMM...
IL FAUT LE LOUER ?
IL N'EST PAS DISPO EN STREAMING ...
ENFIN, JE VOIS À PEU PRÈS L'IDÉE, ÇA DEVRAIT ALLER.
HEIN ?
MINCE...
C'EST JUSTEMENT PARCE QU'ON AVAIT ADORÉ DISCUTER DU PREMIER FILM QU'ON A DÉCIDÉ D'ALLER VOIR LA SUITE ENSEMBLE...
GH...
HÉ HÉ !
C'EST JUSTE QUE SI JE NE COMPRENDS PAS L'HISTOIRE, JE RISQUE DE M'ENDORMIR...
PITIÉ, TOUT SAUF ÇA !
C'EST LA CATA.
SI JE NE FAIS RIEN, NATSUMI VA ME VOIR COMME LE GARS QUI S'EST ENDORMI AU PREMIER RENCARD !
NON, BIEN SÛR, JE VAIS FAIRE ATTENTION !
EN PLUS, ÇA POURRAIT ÉVEILLER SES SOUPÇONS...
JE VAIS JETER UN ŒIL AU RÉSUMÉ.
FUIT
JE DOIS BOURRER LA TÊTE DE LEMON AVEC UN MAX D'INFOS AVANT LE RENDEZ-VOUS !

...
TIENS, TON TÉLÉPHONE.
LEMON !
HMM ? OUI ?
!
FSH
Menu
GREEN FLASH 2 (Sous-titré)
ABONNEMENT STREAMING
Lecture
PLACE AUX TRAVAUX PRATIQUES !

MERCI DE M'ACCUEILLIR CHEZ TOI !
DE RIEN...
TOUT DE SUITE
AUTANT LE REGARDER SUR UN GRAND ÉCRAN...
ALLONS CHEZ TOI.
QUOI ?
ÇA NE ME DÉRANGE PAS, MAIS BON...
ENFIN...
C'EST PRESQUE MA DEUXIÈME MAISON, MAIN-TENANT.
HUMPF...
POF
ET DIRE QU'ELLE EST LA PREMIÈRE FILLE À VENIR CHEZ MOI...
JE SUIS UN PEU DÉGOÛTÉ ...

AU FAIT...
DE QUOI PARLE LE FILM ?
IL EST BIEN.?
EH BIEN...
C'EST UN FILM D'ACTION INSPIRÉ D'UN ROMAN AMÉRICAIN.
FUIT
よっと
C'EST L'HISTOIRE D'UN TYPE QUI SE BAT POUR PROTÉGER SA PETITE AMIE, UNE MÉTÉOROLOGUE CIBLÉE PAR UNE ORGANISATION CRIMINELLE.
JE VOIS.
À fond !
LE DÉVELOP-PEMENT DES PERSON-NAGES EST EXCELLENT !
J'AI VRAIMENT VÉCU LES ÉMOTIONS DU HÉROS COMME SI C'ÉTAIT LES MIENNES !
LE PREMIER FILM DATE UN PEU, MAIS...
...
ÇA RESTE UN CHEF-D'ŒUVRE VISUEL, ET IL A TRÈS BIEN VIEILLI !
IL A BEAUCOUP DE FANS.

LE FILM RESTE FIDÈLE À
DANS SES
LIGNES, MAIS CE QUI
LE REND
UNIQUE,
DONT IL
D'ACTION.
EST
SCÈNE
C'EST BON.
J'EN AI ASSEZ ENTENDU...
AH...
C'EST TOI QUI AS POSÉ LA QUESTION !
ELLE A VRAIMENT CHANGÉ... QUELLE MALPOLIE !
ÇA FAIT UN BAIL QUE JE N'AI PAS ÉTÉ AU CINÉ, J'AI HÂTE !
TU NE REGARDES PAS TROP DE FILMS ?
NON, C'EST RARE...
MAIS JE REGARDE PARFOIS QUAND NATSU EN MET UN...
!
TU VEUX DIRE, CHEZ VOUS ?
BEN OUI.
REGARDER UN FILM À LA MAISON AVEC NATSUMI...
C'EST CARRÉMENT LE RENCARD IDÉAL !
Bon, regardons ce film !
JE...
JE SUIS JALOUX !
DRING
HMM ?

JE REVIENS...
ÇA DOIT ÊTRE LE LIVREUR.
FLIIT
よっと
CLAC
ガチャ
D'AC-CORD...
TAP TAP TAP
パタパタパタ...
OH LÀ LÀ.
JE SUIS CHEZ SUNAO POUR REGARDER UN FILM...
ÇA A TOUT D'UN RENCARD À LA MAISON !
C'EST LA PREMIÈRE FOIS DEPUIS NOTRE RUPTURE...
AAH... JE SUIS TROP NERVEUSE...
HAAN...
POF
ばふっ
JE NE SAIS PAS SI JE VAIS RÉUSSIR À SUIVRE LE FILM...
SON VISAGE...

QUAND IL PARLAIT DU FILM TOUT À L'HEURE...
HI HI...
C'EST TOUJOURS LE SUNAO QUE JE CONNAIS...
RIEN N'A CHANGÉ...
LES ANNÉES ONT PASSÉ ...
MAIS...

JE L'AIME TOUJOURS AUTANT...
ガチャ
CLAC
HMM ?

TU FAIS QUOI ?
KRSH
HEIN ?
R... RIEN !
CE COUSSIN EST VRAIMENT TOP !
IL ME FAUT LE MÊME, TU L'AS EU OÙ ?
EUH...
C'EST LE MODÈLE LE MOINS CHER CHEZ IK*A...
HA HA HA HA
IL... IL NE M'A PAS ENTENDUE, J'ESPÈRE ?!
J'ai flippé...
EUH... C'EST MOI OU TU ES TOUTE ROUGE ?
QUOI ?! PAS DU TOUT !
ALLEZ, REGARDONS LE FILM !

...
HMM...
ÇA ME FAIT DRÔLE DE REGARDER UN FILM...
AVEC LEMON ASSISE À CÔTÉ DE MOI...
ZIM
チラ
Concentrée.
...
TOUT À L'HEURE, ELLE ÉTAIT UN PEU BIZARRE, MAIS...
MAINTENANT, ELLE EST SUPER CONCEN-TRÉE.
J'AI UNE IMPRES-SION...
DE DÉJÀ VU.

AVANT...
ON REGARDAIT SOUVENT DES FILMS ENSEMBLE...
CÔTE À CÔTE, SUR LE CANAPÉ DE MON SALON.
AH, C'EST VRAI !
JE PASSAIS TOUT MON TEMPS À REGARDER DES FILMS...
ENCORE UN FILM ?
BON, D'ACCORD.
ET ELLE ACCEPTAIT TOUJOURS DE LES REGARDER AVEC MOI.

PFF...
TU VAS VOIR, JE SUIS SÛR QU'IL VA TE PLAIRE.
TU DIS TOUJOURS ÇA.
AH !
MINCE.
JE SAIS QU'ELLE EST VENUE...
POUR ME FAIRE PLAISIR, MAIS J'ESPÈRE QU'ELLE NE SE SENT PAS OBLI...
ZIM
チラ...
OOH...

OUF...
ÇA A L'AIR DE LUI PLAIRE AUSSI...
AH !
C'ÉTAIT UN SUPER FILM !
TU VOIS ?
HÉ HÉ !
POUR QUELQU'UN QUI FAISAIT LA MOUE, TU ÉTAIS À FOND DEDANS !

JE NE SAVAIS PAS QUE C'ÉTAIT AUSSI BIEN !
ET PUIS...
JE VEUX CONNAÎTRE TES GOÛTS, C'EST NORMAL...
JE...
JE SUIS TA COPINE, DONC...
...
Rouge.
Rouge à son tour.
BOBOM
EUH...
DIS QUELQUE CHOSE !
DÉSOLÉ !
ÇA REMONTE AU TOUT DÉBUT DE NOTRE RELATION...
ÇA ME PARAÎT SI LOIN, MAINTENANT...
BEAUCOUP DE CHOSES ONT CHANGÉ, DEPUIS...
Y COMPRIS LEMON.

OOH...
MAIS CERTAINES CHOSES NE BOUGENT PAS.
HÉ HÉ !
OH !
HI HI...
ELLE SE MARRE...
ET VOILÀ, C'EST FINI !
ÇA T'A PLU ?
FSHH
OUI, J'AI ADORÉ ! J'AI HÂTE DE VOIR LA SUITE !
AH, TANT MIEUX !
TU AVAIS L'AIR À FOND DEDANS.
OUI, C'ÉTAIT VRAIMENT BIEN...
ET PUIS...

C'EST UN FILM QUE TU AIMES, DONC...
QUOI ?
BOBÒM
TU... TU VEUX DIRE QUE...
BEN OUI...
TU EN REGARDES TOUJOURS AUTANT, PAS VRAI ?
DONC JE PEUX ME FIER À TON AVIS !
AAH !
DANS CE SENS-LÀ !

JE...
JE VAIS FAIRE DU CAFÉ...
TU EN VEUX ?
OUI !
MERCI !
BOBOM
GH...
OH NOON ! JE SUIS MORT DE HONTE !
J'AI CRU QU'ELLE AVAIT ENCORE DES SEN-TIMENTS POUR MOI...
QUELLE IDÉE !
JE SAIS BIEN QUE C'EST IMPOS-SIBLE !
Tiens ? Maintenant c'est toi qui es tout rouge !
Quoi ?! Pas du tout !
LEMON, ÉCOUTE-MOI BIEN...

BLA
BLA
BLA
JE SAIS QUE JE ME RÉPÈTE, MAIS LE JOUR J, NE LUI PARLE PAS COMME SI C'ÉTAIT TA COPINE.
ET SURTOUT, APPELLE-LA "NATSUMI". NE TE TROMPE PAS, D'ACCORD ?
SIP ず...
...
ET AUSSI ...
OH ! C'EST BON LÀ, T'ES LOURD À LA FIN !
QU...
ÇA VA, J'AI COMPRIS !
JE SUIS AMIE AVEC NATSU DEPUIS DES ANNÉES, JE LA CONNAIS PAR CŒUR !
JE SAIS CE QUE JE DOIS FAIRE, ELLE NE SE DOUTERA DE RIEN !
RAAH !
C'EST JUSTEMENT ÇA LE PROBLÈME, TU RISQUES D'ÊTRE TROP À L'AISE...
AU FAIT...

VOUS TRAVAILLIEZ ENSEMBLE, C'EST BIEN ÇA ?
OUI ! À L'ÉPOQUE DU LYCÉE.
ON TRAVAILLAIT DANS UN CAFÉ.
J'ÉTAIS EN CUISINE, ET NATSU ÉTAIT EN SALLE.
C'ÉTAIT TOUJOURS MOI QUI LUI PRÉPARAIS SON REPAS LE MIDI.
C'EST QUOI AU MENU ?
PÂTES NAPO À LA LEMON. ♡
OH ! J'AI HÂTE ! ♡
C'ÉTAIT UN PEU DUR DE VOIR NATSU PARTIR À L'UNIVERSITÉ UN AN AVANT MOI, MAIS...
ON S'ÉTAIT PROMIS DE FAIRE UNE COLOCATION SI J'ÉTAIS ACCEPTÉE DANS L'UNIVERSITÉ QUE JE VISAIS.
ÇA ME RAPPELLE DE BONS SOUVENIRS !

HÉ HÉ...
CES DEUX-LÀ ONT L'AIR ... VRAIMENT PROCHES.
APRÈS TOUT, ON EST MEILLEURES AMIES !
DOOM
DONC...
J'AI CRAQUÉ SUR LA MEILLEURE AMIE DE MON EX ?
AU SECOURS...
?
TOUT VA BIEN ?
BON !

GARDE BIEN EN TÊTE TOUT CE QUE JE T'AI DIT !
JE T'ENVERRAI UN RÉCAP PAR MESSAGE, AU CAS OÙ...
TSS... T'ES VRAIMENT UN STRESSÉ, TOI...
À PLUS !
MERCI DE M'AVOIR ACCUEILLIE CHEZ TOI !
CLAC
バタン
HAAAAN...
ズザー
J'AI PEUT-ÊTRE EU TORT DE LUI FAIRE CONFIANCE...
DOOM
へたっ
VLOF
GH...
J'AI VRAIMENT PEUR QUE NATSUMI...
DÉCOUVRE TOUT...
AAH...

J'ÉTAIS SUPER STRESSÉE, MAIS...
J'AI RÉUSSI À ME CONCENTRER SUR LE FILM.
OUF...
EN PLUS, IL ÉTAIT BIEN.
JE CROIS QUE J'AI HÂTE D'Y ÊTRE, FINALEMENT.
SI JE VEILLE À CE QUE NATSU NE SE DOUTE DE RIEN, SUNAO N'AURA RIEN À ME REPROCHER.
CLAC
SALUT, NATSU !
SALUT !
TU ÉTAIS OÙ, AUJOURD'HUI ?
AH, J'ÉTAIS AVEC SUNA...
GLOUPS
TU ÉTAIS AU SAUNA ?!
EUH...
NON !
J'ÉTAIS JUSTE CHEZ QUELQU'UN.
AH OK !

CLAC
PFIOU ...
C'ÉTAIT MOINS UNE...
FAUT QUE JE FASSE PLUS ATTENTION.
C'EST QUAND MÊME CURIEUX...
POF
NATSU ET SUNAO...
PROCHES AU POINT D'ALLER VOIR UN FILM ENSEMBLE...
JUSTE TOUS LES DEUX.
...

ILS DOIVENT VRAIMENT ÊTRE À FOND SUR CE FILM !
COMME JE NE PEUX PAS Y ALLER MOI-MÊME ...
JE VAIS CONCOCTER LE PLAN PARFAIT POUR CE RENCARD.
C'est partiii !
LEMON N'AURA PLUS QU'À LE SUIVRE À LA LETTRE !

HOPE YOU'RE HAPPY, LEMON!

Chapitre 4
11 JUIN
PING
TAP
ÇA Y EST...
C'EST LE GRAND JOUR !
Lemon
Sunao
NATSUMI !
C'EST ENFIN L'HEURE DE NOTRE RENCARD !

ENFIN... VOTRE RENCARD !
IL FAIT BEAU, AUJOURD'HUI !
Qu'est-ce que tu fais ici, Sunao ?
...
FUIT
?
JE SUIS DÉSOLÉ, LEMON, MAIS...
JE N'AI AUCUNE CONFIANCE EN TOI !
Que faire si elle fait une gaffe ?
Mon ex !
Ou si Natsumi découvre qu'on a échangé de corps ?
Ou si Natsumi se met à me détester à cause de son comportement ?
?
JE VAIS GARDER UN ŒIL SUR TOI, AUJOURD'HUI !
JE SUIS VENU TE REMETTRE ÇA.
FR'SH

BOM
FRSH
HMM ? C'EST QUOI, TOUTES CES FEUILLES ?
POF
?!
BOURRÉ DE TEXTE !
ARGH !
Programme de la journée
Page 1/25
Plan A
Page 2/25
Plan B
(en cas de pluie)
Envoyez un message !
HEIN ? C'EST QUOI, CE TRUC ?!
C'EST LE PLANNING DE LA JOURNÉE ! J'AI TOUT PRÉVU !

ALORS VOILA, L'IDEE, C'EST QUE TU SUIVES LE PLAN A, C'EST NOTRE PLAN PRINCIPAL. MAIS J'AI AUSSI PRÉVU DES PLANS ALTERNATIFS POUR T'ADAPTER EN CAS D'IMPRÉVUS. PAR EXEMPLE, S'IL COMMENCE À PLEUVOIR, TU PASSES DIRECT AU PLAN B. GARDE BIEN LE PLAN A EN TÊTE, MAIS ASSURE-TOI DE CONNAÎTRE LES AUTRES PLANS POUR ÊTRE PRÊTE.
BLA BLA BLA BLA BLA BLA BLA BLA BLA BLA BLA
OH, WAOUH...
C'EST CARRÉMENT INUTILE !
SBAM
ゴスッ
COMMENT OSES-TU ?! J'AI BOSSÉ SUR CES PLANS COMME UN FOU PENDANT TROIS JOURS !
TROIS JOURS ?! TU RIGOLES ?!
TU TE PRENDS TROP LA TÊTE ! C'EST JUSTE UNE SORTIE AU...
PEU IMPORTE !
GRR...
APPLIQUE CE PLAN À LA LETTRE, C'EST TOUT !
QUOI ? MAIS NON, C'EST TROP GALÈRE !
* INUTILE

VSH
?!
TU DOIS TE FAIRE PASSER POUR MOI AUJOURD'HUI, TU TE RAPPELLES ?!
AH !
ÇA VA, ÇA VA, J'AI COMPRIS !
IL A LES LARMES AUX YEUX ?!
PFIOU...
AH, JE PRÉFÈRE ÇA ! SUIS LE PLAN ET TOUT IRA BIEN.
FRSH
C'EST NUL.
11 JUIN
AH ! C'EST BIENTÔT L'HEURE.
OH, EN EFFET.
LE RENDEZ-VOUS, C'EST BIEN À LA SORTIE NORD ?
OUI.
JE COMPTE SUR TOI !
T'EN FAIS PAS !
À PLUS !

*SORTIE SUD

SORTIE NORD
North Exit
SORTIE SUD
South Exit
ガヤ
BLA
BLA
ガヤ
OH !
NETTE
PAPIER
FSH
シャ
POUBELLE !
DÉSOLÉE, SUNAO...
FRANCHEMENT, TON PLAN ÉTAIT TROP COMPLIQUÉ POUR MOI...
EN PLUS, ÇA NE RENTRAIT PAS DANS MA SACOCHE.
MAIS J'AI COMPRIS L'ESSENTIEL...

L'IMPORTANT, C'EST QUE NATSU PASSE UNE BONNE JOURNÉE, PAS VRAI ?
ALORS FAIS-MOI CONFIANCE !
* SORTIE NORD
BON...
PING
JE DOIS FAIRE ATTENTION À NE PAS ME FAIRE REPÉRER PAR NATSUMI.
FRSH
FUIT
LEMON EST DÉJÀ AU POINT DE RENDEZ-VOUS.
PARFAIT !
Tiens ? Il manque un truc, non ?
NATSUMI N'EST PAS ENCORE ARRI...
AH !

LA VOILÀ !
きゅん
BOBOM
OOH ! ELLE ME CHERCHE DU REGARD, ELLE EST TROP CHOU !
NATSUMI, JE SUIS LÀ-BAS !
EUH...
ZIM キョロ ZIM キョロ
AH, C'EST BON, ELLE M'A TROUVÉ !
...

COMME ÇA, VU DE L'EX-TÉRIEUR...
ON DIRAIT UN VRAI COUPLE !
BOBOM
JE DOIS PRENDRE DES PHO-TOS !
ON A TROP L'AIR D'UN COUPLE !
GAAH !
CLIC
CLIC
CLIC
VSH
FRSH
JE N'ENTENDS PAS CE QU'ELLES DISENT D'ICI...
SI ELLE SUIT MON PLAN...

C'EST L'HEURE DU DÉJEU-NER !
PREMIÈRE ÉTAPE : CHOISIR UN RESTAURANT BRANCHÉ ET L'Y EMME-NER !
PLAN A (le plan principal) !
UN RESTO OÙ LES PÂTES ET LE FROMAGE SONT À COUPER LE SOUFFLE !
Vu sur Insta.
Des fleurs séchées un peu partout.
Les filles en sont folles !
Fromage fondu
PLAN B
Un café chic.
ET SI NATSUMI PRÉFÈRE MANGER AUTRE CHOSE...
PLAN C
Du curry épicé.
HMM ?
ET LE PLAN QUE JE LUI AI DONNÉ TOUT À L'HEURE ?
ALORS POUR LE DÉJEU-NER...
Elle en a fait quoi ?!
TU VEUX MANGER QUOI, NATSUMI ? MOI, JE MANGERAIS BIEN UN PLAT AVEC DU RIZ.
J'ai une folle envie de riz !
C'EST QUOI, CETTE FAÇON DE DEMAN-DER ?!
T'es sérieuse ?!

Exemple
TU AURAIS PU FAIRE PREUVE DE CLASSE !
JE CONNAIS UN EXCELLENT RESTAURANT ITALIEN PAS LOIN D'ICI.
J'AI ENVIE DE MANGER...
HMM...
DU RIZ !
Je veux me remplir le ventre !
Super !
JE VOIS, ELLE EST PLUTÔT RIZ !
DANS CE CAS, CHERCHONS UN RESTO DANS LE COIN...
ELLE A BIEN FAIT DE NE PAS LUI PROPOSER DES PÂTES, FINALEMENT.
MAIS, ATTENDS...
ELLE A JETÉ MON PLAN, NON ?!

OH NON !
À CAUSE D'ELLE...
JE VAIS PASSER POUR UN MEC COMPLÈTEMENT DÉSORGANISÉ !
JE L'AI REPÉRÉ SUR INSTA.
QUE PENSES-TU DE CELUI-CI ?
WAOUH ! ÇA A L'AIR TROP BON !
ILS ONT DES ŒUFS MARINÉS !
!!
IL PARAÎT QUE LEUR RIZ AU PORC BRAISÉ EST EXCELLENT !
TIENS ?

OH, MAIS... C'EST L'HEURE DU DÉJEUNER, ÇA RISQUE D'ÊTRE BONDÉ.
チャッ
FSH
JE VAIS LES APPELER !
TRILILI
BIP
HMM...
BONJOUR, AURIEZ-VOUS DE LA PLACE POUR DEUX ?
AH, VRAIMENT ? NOUS SE-RONS LÀ D'ICI 15 MINUTES.
ELLE SE DÉBROUILLE TRÈS BIEN !
C'EST BON, ON PEUT Y ALLER !
AH ! GÉNIAL, MERCI !
J'AI L'AIR D'UN VRAI PRO...

IL FAUT MARCHER UN PEU DEPUIS LA GARE, ÇA NE TE DÉRANGE PAS ?
NON, C'EST PARFAIT, ÇA VA NOUS OUVRIR L'APPÉTIT !
En parfaite harmonie.
Conflit intérieur. 2
ELLE...
ÇA A L'AIR DE BIEN SE PASSER, C'EST LE PRINCIPAL.
ELLE NE SUIT PAS DU TOUT MON PLAN, MAIS...
GH...
BON, ALLONS-Y !
OPEN
Menu du jour 1300 yens
D'HABITUDE, QUAND JE SORS AVEC MES AMIS, ON PASSE UN TEMPS FOU À CHOISIR UN RESTAURANT.
AH, MES AMIS SONT PAREILS !
JE SUIS CONTENTE, ÇA A ÉTÉ RAPIDE, AUJOURD'HUI.

FUIT
QUAND C'EST COMME ÇA, JE TRANCHE RAPIDEMENT POUR EN FINIR...
MES AMIS RÂLENT PARFOIS À CE SUJET.
HA HA HA !
HA HA HA !
POUR UNE PERSONNE INDÉCISE COMME MOI, C'EST IDÉAL !
OOH... L'ENTENTE EST PARFAITE ...
LEMON EST PAREILLE.

ELLE EST COMME TOI, DU GENRE À PRENDRE LES CHOSES EN MAIN.
C'EST TOUJOURS SIMPLE QUAND ON EST ENSEMBLE, JE ME LAISSE PORTER.
!!
BOBOM
ドキッ
!!
AH !
VRAI...
VRAIMENT ?! JE VOIS !
HEIN ? DRÔLE DE RÉACTION.
ON SE CONNAÎT DEPUIS NOTRE PETITE ENFANCE, C'EST SÛREMENT POUR ÇA !
HA HA HA HA !
PFIOU... ON A EU CHAUD !
BOUM
BOUM
BOUM
BOUM
BOUM

CE RENDEZ-VOUS… ME DONNE LA CHAIR DE POULE !
VOILÀ POUR VOUS ! BON APPÉTIT !
BON APPÉTIT.
LE CHOIX DU RESTAURANT SEMBLE ÊTRE UN SANS-FAUTE !
Ça a l'air trop bon !

CHOMP
もぐ
CHOMP
もぐ
BLA
キャッ
BLA
キャッ
IL N'Y A PAS DE FLEURS SÉCHÉES, MAIS...
LA DÉCO EST SYMPA, LES PLATS SONT EXCELLENTS ET...
NATSUMI SEMBLE AUX ANGES !
もぐ
CHOMP
もぐ
CHOMP
ÇA ME FAIT MAL DE L'ADMETTRE, MAIS... BIEN JOUÉ, LEMON !
IL Y A TROP DE BRUIT ICI, JE N'ARRIVE PAS À SUIVRE LEUR CONVERSATION...
C'EST DÉLICIEUX, MON AMOUR ! ♡
OUI ! ♡
LE COUPLE À CÔTÉ PARLE TROP FORT !
UNO
本
BOOKSTORE

AAAAH...
ENFIN AU CINÉMA...
J'ARRIVE À LES VOIR DEPUIS MON SIÈGE...
JE VAIS LES SURVEILLER TOUT LE LONG DE LA SÉANCE.
J'AI HÂTE !
J'AVAIS TELLEMENT HÂTE DE VOIR LA SUITE...
MAIS DANS CES CONDITIONS, JE NE RÉUSSIRAI JAMAIS À SUIVRE LE FILM !
JE T'EN PRIE, NE T'ENDORS PAS !
FUIT

Unit Director
C'É...
C'ÉTAIT FANTASTIQUE !
VU LA CRITIQUE, JE SAVAIS QU'IL SERAIT BIEN, MAIS...
ÇA A DÉPASSÉ TOUTES MES ATTENTES !
PING

Savoure l'instant.
WOUAAH !
LA DERNIÈRE SCÈNE AVEC LE PÈRE ÉTAIT DINGUE...
ET LA MANIÈRE DONT ÇA REPREND LE FIL DU PRÉCÉDENT FILM, C'ÉTAIT BRILLANT !
EN PLUS DE ÇA, CHAQUE PERSONNAGE EST DÉVELOPPÉ AVEC BRIO !
WOUAH ! J'AI TROP ENVIE DE LE REVOIR !
VLOF
AAAAH...
ボスッ
JE SUIS BIEN CONTENT D'AVOIR REVU LE PREMIER JUSTE AVANT LE DEUXIÈME...
EN RENTRANT, JE VAIS DIRECT LAISSER UN AVIS SUR FILMARKS.
CET ÉTAT DE PLÉNITUDE APRÈS AVOIR VU UN BON FILM...
ARGH...
OH !

BON SANG ! J'AI OUBLIÉ DE LES SUR-VEILLER !
C'EST PAS LE MOMENT DE RÊVAS-SER !
FSH
がらーん
SHO
WOUAH !
C'ÉTAIT GÉNIAL !
OUI !
ELLES SONT LÀ !

OUF... J'AI FAILLI LES PERDRE...
HAAN...
J'ESPÈRE QUE TOUT S'EST BIEN PASSÉ PENDANT LE FILM...
OH, ET VERS LA FIN...
J'AI ADORÉ QUAND LE COÉQUIPIER DU PREMIER FILM REFAIT SURFACE !
OH, MOI AUSSI ! C'ÉTAIT CLAIREMENT MA SCÈNE PRÉFÉRÉE !
Cette scène m'a scotchée au siège !
BON, AU MOINS, ON DIRAIT QU'ELLE NE S'EST PAS ENDORMIE...
PFIOU...

TANT MIEUX...
OUI !
VOIR LE HÉROS SAUVÉ IN EXTREMIS ÉTAIT DÉJÀ ÉMOUVANT...
MAIS QUAND ON SAIT QUE CE COMBAT EST AUSSI MOTIVÉ PAR LA VENGEANCE, ÇA PREND UNE TOUT AUTRE DIMENSION...
OH, ET J'AI ADORÉ LE MOMENT OÙ LE HÉROS ARRIVE EN MOTO, C'ÉTAIT LA MÊME QUE...
ELLE EN A, LÀ-DEDANS. SES CRITIQUES SONT CARRÉMENT AU-DESSUS DES MIENNES...
LE FILM EST FINI, ET ÇA A L'AIR DE BIEN SE PASSER...
LE RESTE DU RENDEZ-VOUS DEVRAIT SE DÉROULER SANS ACCROCS...
PFIOUUU...
ENFIN UN PEU DE RÉPIT...
HMM ?
じっ KII
HEIN ? QU'EST-CE QU'ELLE...

RE-GARDE ...
!
C'est trop joli !
UN MAGASIN DE VÊTEMENTS POUR FILLES !
J'adore ...
EH, TU TE RAPPELLES QUE T'ES UN MEC, LÀ ?
BRR
ハラハラ
TU PEUX ÉVITER DE BAVER SUR DES FRINGUES POUR FILLES QUAND TU ES DANS MON CORPS ?!
NATSUMI VA TROUVER ÇA BIZARRE !
HMM ?

SUNAO ? QU'Y A-T-IL ?
AH !
OUPS ! J'AI OUBLIÉ QUE J'ÉTAIS DANS LE CORPS DE SUNAO !
NATSU VA SE POSER DES QUESTIONS !
ARGH !
GLOUPS
?
TU AS VU QUELQUE CHOSE QUI T'INTÉ-RESSE ?
FUIT
EUH...

OUI ! CE CHEMISIER !
IL EST FAIT POUR TOI !
HEIN ?
POUR MOI ?
OUI ! TU LE TROUVES PAS ADORABLE ?!
C'EST VRAI, IL EST JOLI...
N'EST...
N'EST-CE PAS ?!
ALORS, POURQUOI NE PAS L'ESSAYER, TANT QU'ON Y EST ?!
ドキドキドキドキ
BOBOM
BOBOM
BOBOM

...
VOUS VOULEZ L'ESSAYER ?
C'ÉTAIT MOINS UNE !
OH, LE STRESS !
PFIOU...
J'AI GÉRÉ ÇA COMME UNE PRO.
ATTENDS !

TIENS.
CETTE JUPE IRAIT SUPER BIEN AVEC LE CHEMISIER !
TU NE TROUVES PAS ?
OH !
ESSAIE-LES ENSEMBLE, JE PENSE QUE ÇA FERA UN SUPER LOOK !
OH, C'EST VRAI QUE ÇA REND BIEN !
J'ADORE LA COMBINAISON DES DEUX.
SUNAO, TU AS DU GOÛT !
C'EST LE GENRE DE TENUES QU'ON VOIT DANS LE MAGAZINE DE MODE QUE TU LIS À LA MAISON, DONC...
HUM, JE...
はっ
GLOUPS

JE ME DISAIS JUSTE QUE...
TU SERAIS ADORABLE AVEC CETTE TENUE !
JE NE PEUX PAS LUI DIRE ÇA.
BON...
VA VITE TE CHANGER !
ALLEZ, ALLEZ !
AH ! EUH...
VSHH
VSHH

...
PFIOU...
On a frôlé la catastrophe !
...
AH !
JE...
JE DOIS ME CHANGER.
ÇA, POUR UNE SURPRISE...
JE NE PENSAIS PAS QUE SUNAO DIRAIT CE GENRE DE CHOSE SI FACILEMENT.
JE DÉCOUVRE UNE NOUVELLE FACETTE DE LUI.
HIHI !
C'EST SI FACILE DE PARLER AVEC LUI, JE PASSE UNE SUPER JOURNÉE...
EN FAIT, JE...

J'ADORE ÊTRE À SES CÔTÉS.
...
HEIN ?
PENDANT CE TEMPS ...
CETTE JUPE EST LE TOUT NOUVEAU MODÈLE DE CETTE SAISON, ON L'A REÇUE HIER !
JE SUIS SÛRE QU'ELLE VOUS IRA À MERVEILLE !
Euh...
Hum ...
C'EST CELLE QUE JE PORTE, IL Y A PLUSIEURS COLORIS...
Euh ...
VOUS DEVRIEZ L'ES-SAYER !
À L'AIDE !
Hope You're Happy, Lemon! 1 (fin)

HOPE YOU'RE HAPPY, LEMON!

BONUS 1

BIP
BIP
BIP...
TU FAIS QUOI ?
TU AS L'AIR ABSORBÉE...
AH, LEMON !
?
C'EST UN JEU MOBILE... UNE SORTE DE PUZZLE OÙ IL FAUT ASSOCIER DES ANIMAUX IDENTIQUES POUR EN CRÉER DE PLUS GRANDS, ET AINSI DE SUITE...
Ce genre de jeu.
TOUT LE MONDE Y JOUE AUTOUR DE MOI, ET J'AI FINI PAR M'Y METTRE AUSSI. MAINTENANT, JE LANCE L'APPLI DÈS QUE J'AI UN PETIT MOMENT.
BIP BIP
AH...

UN DE CES JEUX POUR TUER LE TEMPS !
TU NE SAIS PAS DE QUOI TU PARLES !
EN RÉALITÉ, CE JEU A UNE PROFONDEUR INSOUPÇONNÉE.
NON, JE VOIS TRÈS BIEN.
C'EST LE GENRE DE JEU SANS FIN DANS LEQUEL ON S'ENGOUFFRE TOUJOURS QUAND ON A MIEUX À FAIRE, COMME LA VEILLE D'UN EXAMEN.
J'AI CONNU ÇA AUSSI PENDANT MES PARTIELS.
ALLEZ, LEMON, ESSAIE AU MOINS UNE FOIS !
JE T'ENVOIE UN LIEN.
EUH...
BON, SI TU VEUX.
POP !
PING
ドヤ…
ÇA FAIT DÉJÀ TROIS JOURS QUE JE SUIS DESSUS ! TU TE SENS CAPABLE DE BATTRE MON RECORD ?
PETITE JOUEUSE !
きゃい
BLa
BIZARREMENT, DANS CE TYPE DE JEU, C'EST SOUVENT AU DÉBUT QU'ON FAIT LES MEILLEURS SCORES.
OUAIS, ET APRÈS ÇA, IMPOSSIBLE DE BATTRE CE PREMIER RECORD.
UN GRAND CLASSIQUE.
SÉRIEUX ?! C'EST PAS PASSÉ ? IL CHIPOTE, LÀ !
EH OUI, IL FAUT DE LA TECHNIQUE POUR CE JEU !
HU HU...
ENCORE UNE FOIS !
BLa
きゃい

TRENTE MINUTES PLUS TARD
BIP BIP
BIP BIP
FSH もく...
FSH もく...
DEUX HEURES PLUS TARD
C'EST PAS VRAI !
AAH... J'Y ÉTAIS PRESQUE...
T'ES À COMBIEN ?
2400.
LE RECORD.
WAOUH !
JE VAIS TE DÉPASSER, TU VAS VOIR !
LEMON, IL EST DÉJÀ TARD, TU SAIS.
IL EST TEMPS D'ALLER PRENDRE TA DOUCHE !
ET TOI, ALORS ? DEMAIN, TU TE LÈVES TÔT POUR VOIR UN FILM, NON ? VA VITE TE COUCHER !
C'EST DIFFICILE DE SAVOIR S'ARRÊTER QUAND SON ADVERSAIRE EST JUSTE À CÔTÉ...

Et c'est ainsi que la nuit se poursuivit pour toutes les deux...

BONUS 2

Face au mystère de leur échange de corps, ils ont mis en place diverses mesures de sécurité.
Est-ce qu'on échange de corps au réveil ?
ou au lever du jour ?
??
Hmm...
Pour l'instant, mieux vaut ne pas passer la nuit dehors, au cas où...
Soirée avec le club
Je vais te donner un tuyau pour ce cours !
Attends...
BLA
BLA
BLA
Alors je vais devoir partir avant la fin ?
Faire la fête...
Jusqu'au petit matin !
La soirée étudiante par excellence !
Ça a l'air génial...
GH...
22 h
Allez, j'y vais !
Bye !
Qui va à la gare ?
À plus !

C'est la fête !
BLA
BLA
Pas question de dormir !
JE PENSAIS QU'À L'UNIVERSITÉ, LES FÊTES DURAIENT JUSQU'AU MATIN...
JE SUIS SURPRIS QUE ÇA SE TERMINE SI TÔT...
Ah, Natsumi !
ÇA ARRIVE DE TEMPS EN TEMPS, MAIS EN GÉNÉRAL, C'EST PLUTÔT RARE...
AH...
Les autres sont déjà rentrés.
TOUT VA BIEN, SUNAO ?
HMM ?
?
?
ET PUIS, C'EST FINI, L'ÉPOQUE OÙ ON POUSSAIT LES GENS À BOIRE À OUTRANCE...
SI TU FORCES UN PREMIÈRE ANNÉE À BOIRE, TU SERAS EXCLU SUR-LE-CHAMP !
OUI, C'EST SÛR...
Les temps changent !
AH...
C'est positif, en soi.
Un peu déçu.
J'avais hâte de découvrir la vraie vie d'étudiant...

Bonus chapitre 4
Elle s'est changée.
WAOUUN !
Ce chemisier est trop mignon !
Je me demande si ça irait avec mes nouveaux vêtements d'été... Mais c'est tellement tentant !
HMM...
HMM...
AH...
ÇA S'ASSORTIRAIT BIEN AVEC LA ROBE QU'ON A ACHETÉE ENSEMBLE, TU NE TROUVES PAS ?
Allez, fonce !

Hope You're Happy, Lemon! 1
Merci d'avoir lu ce premier volume !

★ Assistants : Sasano, Namura, Aoki
★ Éditeur : Fujita

HOPE YOU'RE HAPPY, LEMON!

HOPE YOU'RE HAPPY, LEMON!

HOPE YOU'RE HAPPY, LEMON!

HOPE YOU'RE HAPPY, LEMON!

2, rue de Saint-Pétersbourg - 75008 Paris

Traduction : Maëva Depoilly
Lettrage : Studio Charon
Relecture : Coralie Brunet

ISBN : 979-10-355-0663-6

Dépôt légal : février 2025
Achevé d'imprimer en Italie par Grafica Veneta

www.mana-books.com